희망의 끈을 놓지 않는 여자

희망의 끈을 놓지 않는 여자

지은이 / 미영순(米榮順)
펴낸 곳 / 북포스
펴낸 이 / 방현철
1판 1쇄 펴낸 날 / 2004년 10월 15일
출판등록 / 2004년 8월 12일  제313-2004-000026호

주소 / 서울시 마포구 망원동 379-41 동화빌딩 2층 (121-230)
편집부 / 02-333-7825
영업부 / 02-333-7838
팩스 / 02-333-7851
전자우편 / gosubook@hanmail.net
          bhcbang@hanmail.net

ISBN 89-91120-02-4 03810
값 9,000원

# 희망의 끈을 놓지 않는 여자

미영순 지음

북포스

# 남의 아픔까지도 껴안는 그릇이 되어…

아주 오래 전 기억이다.

법문을 하다 둘러보니 단발머리 여학생 하나가 탱화로 그려 붙인 듯 법당에 미동도 않고 앉아 있었다. 다 알아들어서인지 하나도 몰라서인지 표정이 없었다. 옷깃의 스침이다.

그리고 얼마 후, 한번씩 마루 끝 범종 옆에 앉아 있는 모습이 보였다. 학교에 있어야 할 시간이지만 그런가보다 지나쳤다. 그런 뒤로도 자주 그렇게 앉아 있었다. 나중에 방으로 불러들여 차 한 잔을 함께 했다.

알고 보니 보이지 않게 된 눈으로 계단 오르기가 두려워 법당까지 못가고 범종 옆에 앉아 있었던 것. 비워버린 마음이 보여 내 마음이 아팠다. 스친 옷깃의 당김이다.

언젠가 방으로 불러 종이 한 장을 꺼내 그림을 그렸다.

계란 모양의 천국과 지옥. 지옥을 노른자로 그린 뜻을 알아차리고 피식 웃길래 안심했다. 종이 가운데 선을 내리그어 둘로 나눈 뒤 한 쪽엔 X, 다른 쪽엔 Y를 썼다. 보이는 모든 것의 공통인자 X1 X2…와 보이지 않는 모든 것의 공통인자 Y1 Y2…를 적어 보이자 맹랑한 대답이 나왔다.

"스님, X와 Y의 공통인자 Z는 제가 찾겠습니다."

고통을 진주로 키워낼 싹이 보였다. 내가 손 잡아 끌지 않아도 제 갈길을 꿋꿋이 걸어가리라 믿었다. 단주 한 번 굴려 아픔을 위로하고, 그가 이루어낼 앞날을 축원했다.

그로부터 삼십 수 년, 간 것도 온 것도 없이 동안의 그 단발머리가 반백이 되어 내 앞에 앉아 있다.

장애를 이겨내고 공부와 봉사활동을 하고 있다는 얘기는 바람에 묻어 듣고 있었다. 苦를 故이거니 여기고, 막히면 물처럼 돌아 흘러 그물에 걸림 없는 바람으로 내 앞에 초연히 앉아 있다.

수행을 하는데 禪도 經도 중요하지만, 정작 行이 없다면 벌 나비 날지 않는 畵中花. 제 아픔도 부족하지 않거늘 남의 아픔까지 함께 나누겠다고 더듬거리는 발이 아름답다.

티끌처럼 작아도 세상을 품는 넉넉한 그의 쉼터에 늘 연꽃이 피어남을 본다. 다시 단주 한 번 굴려 축원한다.

掌中有理碍之道 (손 안에 장애를 다스리는 길이 있고)
臟裏則救人之悲 (마음엔 남을 구하려는 사랑이 있네)

숭산 행원 (화계사 조실)

# 빈손일 망정 그대에게…

열일곱 무렵, 통일된 한국에서 최초의 여대통령이 되고 싶었다.

하루를 살아도 내 나라에서 살겠다며 러시아에서의 영화를 버리고 귀국하신 부모님의 딸이었기에 가질 수 있었던 나의 꿈. 그 목표가 너무나 확고하여 빳빳한 교복의 깃만큼이나 콧대 높고 잘난 여학생이었다.

하지만 느닷없는 시력감퇴와 실명으로 이어지는 불행 앞에 내가 할 수 있는 일은 아무것도 없었다. 하고 싶은 일과 할 수 있는 일 사이의 간극은 내 극복의 범위를 훨씬 벗어난 것이었다.

실망이니 절망이니 하는 말은 차라리 사치로 들렸다. 시력감퇴에서 실명으로, 다시 반맹으로 이어지는 여울목 소용돌이가 너무 세차서 좌절해볼 겨를마저 없이 동면 같은 10년의 휴식이 흘렀다. 결코 편할 수 없는 그 10년의 '손 놓음'을 휴식이라 불러도 되는지 알 수 없지만, 아무튼 먹고 자고 오로지 쉬기만 한 휴식이었다.

할 수 있는 일이 없어 공부를 했다. 돈을 구별할 수 없어 장사도 직장생활도 할 수 없었다. 내가 잘 할 수 있고, 또 어려서부터 좋아하던 공부만 가능한 일이었다. 10년만에 다시 공부를 시작했다. 안질 악화와 휴학, 그리고 복학이 되풀이되면서 박사학위까지 마쳐냈다.

참 오랜 아픔이었다. 그 아픔을 남에게 들킬까봐, 행여 눈물이 비쳐질까봐 늘 웃기만 했다. 남에게 가엾게 보여지는 나를 차마 보기 어려워 언제나 당당해야만 했다.

하지만 이제 나이가 들어서일까?

동그라미는 처음 떠난 제자리로 돌아와야 완성된다는 걸 알아차렸다. 울어도 웃어도 걸림 없는 벌거벗은 나로, 부끄러울 것 없던 본래의 자리로, 처음에 떠났던 그 자리로 찾아가고 있다. 아직은 못다 그린 나의 동그라미, 느리지만 한걸음 한걸음 또박또박 처음의 자리를 향해 가고 있다.

지식이란 나의 순수 생산품이 아니라 기존의 것을 흡수한 것이기에 사회에 되돌여야 마땅하다. 강의와 연구는 소득 수단이기에 앞서 배운 자의 의무이다. 지하철을 탈 때에도, 식당에서 밥을 먹을 때도 나는 누군가의 따뜻한 손길이 필요하다. 이렇게 받은 도움은 자원봉사로 환원하기로 했다. 이 세상에 나와서 빚쟁이로 살다 갈 순 없는 일….

하지만 무엇을, 얼마나? 조심스럽지만, 누군가에게 내 손길이 위로가 될 수 있기를 기대하며 정성을 기울일 뿐이다.

언제부터인가 나의 동그라미 그리기가 '장애인 미영순'이란 이름으로 주위에 알려졌다. 그때까진 내가 장애인이라는 걸 의식하지 못하고 살았다. 남보다 불편하기에 좀더 노력해야 남만큼 될 수 있다고 생각했을 뿐….

장애인이라 이름 지어진 뒤 장애를 고리로 한 만남들이 생겨났다. 아픔을 즐기자고 할 수야 없지만, 아픔은 그냥 아픔으로 두고 거기에 괴로움과 슬픔까지 더하지는 말자고 얘기하고 있다. 아픔이 비록 크더라도 지금 나의 삶은 단 한 번뿐, 살아지는 대로 살지 말고 정성을 다해 살아가자고 말하고 있다.

서로 어깨 기대어 처음 떠났던 그 자리로 돌아가려 한다. 아픔이 곧 절망이나 한일 수는 없음을 알리고 싶다. 부족한 나의 정성이 얼마나 위로가 될까마는, 내 마음이 거짓이 아닐진대 아픔을 함께 할 수는 있을 것 같아 빈 손일망정 부끄럽게 여기지 않고 내밀어 그대의 손을 잡는다.

얼마전, 이 빈 손의 정성이 생각지 못한 상을 받았다.
'이웃돕기유공자포상' 국민포장.
작은 몸짓으로 큰 상을 받을 자격이 있을까 싶었지만 끝까지

사양하지 못한 것은, 혹여라도 장애나 상처를 지닌 이들에게 자신과 용기를 줄 수 있지 않을까 하는 소박한 소망이 있어서이다. 주위의 배려와 관심을 조금씩은 되돌리기도 해보자고 말하고 싶어서이다. 힘들면 힘든 대로, 한이나 원망 섞지 말고 서로 토닥이며 살아보자고 말하고 싶어서이다.

나 같은, 나보다 더 아픈 님들과 함께 하고자 나선 이 길. 이제 힘든 여정에 지친 이들이 돌아와 편히 쉴 작은 쉼터를 마련하려고 한다. 끝에 다다라야 비로소 끝이 사라지는 동그라미를 함께 그리려 한다.

빈 손일망정 함께 사는 삶에 최선을 다하는 마음을 이 작은 책에 담았다. 이 글을 읽는 그대 손도 비었거든...

미 영 순

| 차 례 |

# 사랑하는
# 나의 부모님

하얼빈의 멋쟁이로 불리던 내 어머니 마냐 김. 두만강가 경흥이 본향인 교포 2세로 옥사코프스키 여고를 나와 하얼빈 외대에

서 노어를 강의했던 기품있는 인텔리였다. 함경도 사람답게 강한 의지의 소유자여서 슬픔도 분노도 쉽게 드러내지 않았던 어

머니. 지아비로 택한 남자를 끝까지 믿었던, 태산 같고 바다 같은 그 분의 삶을 나는 끝없는 수행이라고 말하고 싶다.

배 타고 읊으신 자작시로 송화강 숭어 대신 어머니의 사랑을 낚으신 아버지 미경훈. 잘 생긴 풍류남에 예술가들을 후원하는

데 인색하지 않으셨다. "목숨이 모자라지 돈이 모자르랴"며 어려운 사람들을 도왔고, 어린 딸에게 시집을 사주고 꿈과 야망

을 가지게끔 해주신 아버지는 돌아가시는 날까지 영원한 로맨티스트였다.

# 꿈과 사랑을 실은 송화강 뱃 노래

새빨간 칸나가 이글거려 한여름이 뜨겁더니, 마당가 키 작은 사루비아가 덩달아 빨갛게 가을을 아파했다. 그 사루비아 이제 희멀겋게 빛바래 가을이 저문다. 시들어가는 사루비아에 목메이어 하는 건, 꼭 그런 모습의 어머니를 기억하기 때문.

오래 전 어느 늦가을, 잎새에 비끼는 잔바람이 상큼도 하여 볕 좋은 작은 뜨락 얕은 목걸상에 어머니와 나란히 앉아 잘 달인 차향을 그 바람에 섞었다. 마당가에선 사루비아가 멀겋게 지고 있었다. 오늘처럼 말없이 차를 음미하시던 어머니가 입을 떼셨다.

"지금 내 모양이 저 꽃하고 꼭 같은 거지?"

백발의 어머니께선 그렇게 지는 꽃에 자신을 반추하셨나 보다.

긍정도 부정도 할 수 없어 미소만 흘리는 나….

어머니, 이보다 더 푸근한 말이 또 있을까. 마음 다해 불러보나 대답할 이 아니 계시니 울음만 삼킨다.

내 어머니, 마냐 김. 블라디보스톡의 교포 2세. 나라 잃은 백성이 남의 땅에서 나고 자라 대학에서 강의하셨던 그 삶이 평범하지 않았다. 그보다 더 평범하지 않은 건, 다 키워놓은 딸의 갑작스런 실명을 지켜보시며 차마 울지조차 못하신 일이

하얼빈 시내를 걸어가고 있는 멋쟁이 어머니, 마냐

다. 꽃송이 송이마다 알알이 씨 머금고 멀겋게 지는 사루비아처럼, 망울망울 맺힌 아픔을 가슴에 감추고 가신 어머니. 사루비아 작은 씨 속에 내 흐느낌의 사연을 모아 간직한다.

어머니의 본향은 함북 경흥, 두만강 기슭에 있다. 나라 잃은 울분에 가슴 터지는 젊은이들이 얼어붙은 두만강을 건너갔고, 내 외조부도 그런 분이셨다. 희망의 땅으로 비쳤던 블라디보스톡은 19세기 말부터 한인들이 건너가 생활터전을 일군 곳으로 항일의

하얼빈의 상류 외국인들과 교류했던 부모님의 나들이

중요한 근거지이기도 했다. 독립운동 초기에는 운동의 구심점이 없어 몇몇 인물을 중심으로 개별적으로 진행되었던 듯. 춥고 배고플 것이야 각오했지만 계파간의 대립과 갈등이 가슴 뜨거운 젊은이들을 뿔뿔이 흩어지게 했다.

외조부께선 손문의 중국이 야심을 갖고 개발한 국제도시 하얼빈으로 거주지를 옮기셨다. 블라디보스톡에서 태어난 어린 두 딸이 짐보퉁이처럼 끼어 있었다. 나라를 찾자면 항전도 중요하거니와 그 항전을 뒷받침해 줄 실력이 있어야 한다고 판단하셨단다. 외조부께선 무섭게 돈을 버셨고, 2녀 4남을 그 땅에서 소문난 인재들로 키워내셨다. 가난한 한인들이 많이 살던 교외가 아닌 시내 중심가에서 당당하게 영국인, 러시아인들과 어울렸다.

마적의 습격을 받은 적이 있는 걸 보면 외조부는 성공한 어른이셨음이 분명하다. 나의 어머니 마냐가 9살 적 겪은 마적의 습격은 커다란 공포로 남아 그녀의 일생을 지배했다. 잠결에 시커먼 마적이 마냐의 방 창문을 뜯고 들어오는 것을 보았을 때 겁에 질려 소리조차 지르지 못했다. 이후 차마 말하지 못한 답답함이 있으실 때마다 어머니께선 꿈에 그 공포의 마적을 보셨다.

내 어머니는 그 일로 당신의 어머니를 잃으셨다. 외조모를 잡아가려는 마적을 향해 쏜 총알이 외조모의 팔을 스쳤는데, 그때의 후유증으로 외조모는 결국 병을 얻어 돌아가셨다. 9살 마냐, 7살 따냐 어린 두 딸을 남기고….

하얼빈의 한인들은 중국 친화적이거나 러시아 친화적이었던 듯 전자는 '얼되놈', 후자는 '얼마우제' 라 불렸다. 블라디보스톡에서 태어난 아이들은 한국 이름 말고도 러시아 애칭을 갖고 있었는데, 마냐, 따냐, 꼴랴, 뻬쨔, 모랴, 볼랴…. 그러니까 얼마우제인 셈. 한인 2세 아이들은 '금강' 이라는 한인학교를 다녔는데, 그 교가가 의미있고 재미있다.

"산아, 산아, 높은 산아, 네 아무리 높다 한들 우리 부모 날 기르신 그 높은 은공 미칠소냐.—"

1940년대 어느 겨울, 독일 여행중에 엘베강을 끼고…

비록 나라는 잃어버렸지만 군사부일체를 교육받은 당시의 아이들은 노래에서도 애국을 배웠던 것 같다. 국제도시 하얼빈은 각국의 첩보가 암투하던 곳이다. 한인 가운데에도 친일 앞잡이와 항일투사가 서로 쫓고 쫓기었단다.

외조부의 색깔은 철저하게 투명한 무색이었다. 그렇게 자신을 지켜내시며 당신 방식의 애국을 펼치셨다. 술, 담배, 노름은 않으시고, 허튼 돈을 쓰는 일이란 절대로 없이 애국기금으로 알게 모르게 내놓았다. 외조부께선 독립군도 열혈단도 아니시면서 사진 한 장 남기지 않으셨다. 혹여 일본군의 추적을 당할까 조심하신 것이다. 인천에서 건너간 빼어난 기생이 있었단다. 돈깨나 벌었다는 한인치고 그녀를 찾지 않은 이는 외조부 단 한 분었다고, 그래서 그녀가 자존심이 상해 할아버지를 원망했다는 뒷 얘기.

하얼빈의 멋장이로 통하던 내 엄마 마냐, 이모 따냐 자매는 금붙이로 치장하지 않았다. 어머니께선 평생에 한번도 패물을 지녀 보신 일이 없다. 부자이신 외할아버지가 똑똑한 딸들에게 겉멋을 경계하셨음이다.

독립이 요원해 보이자 많은 한인들이 일본 중학교를 다녔지만, 마냐는 옥사코프스키 여고를 나와 뒷날 하얼빈 외대에서 노어를 강의했다. 동생 따냐만한 절세가인은 아니었지만 기품 있는 인텔리 마냐를 죽자 하고 따라다닌 의사가 있었단다. 짤막 키에 각진 얼굴에서 촉망받는 엘리트의 자존심이 분수처럼 뿜어져 나오는 그런 사람이었단다.

하지만 가난이란 게 얼마나 불편한 것인지 몰랐던 마냐는 가진 것 없는 내 아버지 미경훈씨를 택했다. 노래 솜씨가 그만인데다 하모니카에 바이올린 솜씨까지 썩쓸 만한 청년이 자작시를 들려줄 때면 커다란 눈에 꿈이 어리더라나? 안소니 퍼킨스 같이 마알간 미경훈씨가 악착같기만 한 현실주의자 의사를 누르고 마냐를 차

러시아 여행중 모스크바 지하철 역 앞에서

지할 수 있었다. 당시엔 장인의 승낙을 얻기가 어려웠지만….

송화강 푸른 물에 꿈과 사랑과 애국을 흘려보낸 아름다운 두 젊은이의 송화강 뱃노래.

50년이 지난 뒤 그들의 딸이 부모님의 자취를 찾아갔다. 결혼식을 올렸던 러시아 교회는 사회주의 중국에서는 쓸 데가 없어 문화기념관으로 바뀌어 있었다. 두 분의 행복과 고뇌가 깃들었을 빨간 벽돌 이층집은 딸 기다리기 50년에 지쳐 몇년 전 철거되어 빈터로 남았다.

내 아버지께선 돈을 벌기보다 쓰기에 더 재주가 있으셨지만,

남들을 위해 꼭 필요한 곳에 쓰시기에 늘 너그러이 용납되었다. 장인께선 사위의 그 점을 못마땅해 하시면서도 또 그 점을 아끼셨다. 선친께선 장인 덕에 호텔을 경영하셨다. 음악가도 시인도 아니셨지만 예술을 사랑하시는 어른이라 호텔은 가난한 한인 예술가들을 위해 한몫을 했다.

호텔에는 영화관도 딸려 있었고, 아직도 그때 그 이름으로 남아 있다. 출입구가 여럿이고 많은 사람들이 오가는 곳, 게다가 컴컴한 영화관까지 갖추었으니 쫓기는 독립운동가들에게도 힘을 보탤 수 있었다. 호텔 경영인과 대학교수로서, 해방이 되어 귀국하실 때까지 부모님의 남부러울 것 없는 생활은 이렇게 본토의 백성들과는 큰 차이가 있었다.

# ··· 산 넘고 물 건너
### 겨레의 땅으로

1945년 8월 15일, 러시아, 하얼빈.

내가 너인지 네가 나인지 모르게 서로가 서로를 부둥켜안고 웃다 울고, 울다 다시 웃고 그렇게 해방을 맞았다. 본국에서처럼 일본의 수탈에 시달리지는 않았겠지만, 보호해 줄 나라가 없는 백성들의 이국 생활이 어찌 피눈물 한두 번 아니 쏟았으랴. 그래서 너나 없이 있는 것 없는 것 탈탈 털어 고국으로 돌아왔다.

해방된 고국에서 누가 꽃방석이라도 펼쳐놓고 기다리고 있는 것도 아니었으나, 설사 가시방석인들 대수랴. '고국'이라는 것만으로도 이미 터질 듯한 기쁨인 것을. 모두들 앞다투어 짐을 꾸렸다. 내 부모님도 그렇게 마차와 열차를 이용하여 끝간 데 모르게 넓기만 한 만주 벌판을 달려 함경북도 경성군으로 돌아오셨다.

몇년 전, 하얼빈에서 천진까지 기차여행을 한 적이 있다. 만주 벌판을 가로지르시던 내 부모님을 기리기 위해. 외국인 전용으로 하얼빈에서 천진까지 중간에 두 번만 서는 특급열차, 그 특급열차가 중국의 동북쪽 한 귀퉁이를 38시간 동안이나 달렸다. 그것도 하품나게 지루한 시간이지만 하루 반을 달리도록 오로지 퍼렇기만 한 들판이 더욱 사람을 질리게 했다. 하늘과 맞붙어 끝없이 펼쳐지는 초원, 영화 속에서야 더할 수 없이 후련하지만 하루 반 동안 다른 건 아무것도 보여주지 않는 드넓은 초원을 보고 있으려니 머리가 어지러울 지경이었다. 그 옛날 내 부모님께서야 귀국의 기쁨이 크셔서 나처럼 지루하진 않으셨을 테니 다행이었겠다.

경성(鏡城), 바로 함경도의 서울에 해당하는 곳, 아버지의 고향이다. 이곳 사람들의 자부심은 아직도 대단하다. 하지만 1930년대에 엘리베이터와 에스컬레이터를 이용하시던 내 어머니 마냐 김여사의 눈에는 그럴 수 없이 초라하기만 한 시골 마을이었다.

함경도의 부엌은 깨끗하기로 유명하다. 눈이 부시도록 반질거리는 부뚜막의 가마솥이야 기분좋지만, 정작 아궁이에 불을 지피는 사람에겐 고역이었다. 페치카에다 석탄 때어 난방과 조리를 해결하는 하얼빈 생활은 말하자면 입식부엌이라, 쪼그리고 앉아 엎드려 불을 지피는 일이란 눈물만 쏟아내는 난사(難事) 중의 난사였다. 차라리 하늘에서 별을 따고 말지…. 누가 보아도 딱하기 짝이 없는 노릇. 맘씨 곱기로 둘째 가라면 서러우시다는 시어머님, 한 마디 던진다.

"애기~, 아이 되겠소. 내가 해야게꼬마."

늘으신 시어머님은 검버섯 핀 허릿살 드러내고 엎드리어 불 지피시는데, 30대 젊디젊은 며느리는 그 옆에서 두 손 마주쥔 채 쩔쩔 매며 서 있는 모양새가 시댁 식구들 눈엔 도무지 말이 안 되었다. 신여성 형수에 대한 시동생들의 불만이 컸다. 잘난 며느리가 시어머니를 부려먹는다고.

하지만, 어머니가 가진 것 없어도 인품좋은 아버지를 택했듯이, 배운 바 없어도 사람 귀히 여기는

뭇사람들이 부러워한 부모님의 신혼시절

시부모님들을 마음으로 존경했다고 한다. 시간이 흐르면서 시댁 식구들의 어머니에 대한 편견도 많이 허물어져 오히려 넘치는 사랑을 얻었다.

하지만 앞을 보아도 옹기종기 산이요, 뒤를 보아도 올망졸망 산이기만 한 조국. 내 어머니께선 그것이 참으로 답답하셨던 것 같다. 종일토록 눈앞을 가로막는 산 산 산, 늘 창살 없는 감옥을

생각하셨단다. 화려한 도시 사람이 궁벽한 시골로 온 것만으로도 '답답'이 겨운데, 허허롭기만 한 벌판에 익숙한 어른이시니 조국 강산이 '감옥'일 수밖에.

이웃 마을에 소를 갖다주고 그 집 아이와 함께 촬영

해방의 감격을 맘껏 누려보기도 전, 조국의 상황은 복잡했다. 남쪽에는 미군이, 북쪽에선 소련군이 설쳐댔다. 이 땅의 사람들도 갈라져서 이리로 얼키고 저리로 설키고. 이러한 혼란중에 일이 잘 풀리려고 그랬는지 아버지가 병을 얻으셨다. 부모님은 출신 성분이 부르조아여서 몸을 숨겨야 했다. 일제 때부터 유명하던 온천지 주을로 옮기신 뒤, 마을에서 멀찌감치 떨어진 곳에서 사슴목장을 하시며 숨은 듯이 표내지 않고 지내셨다.

하지만 사람에겐 그 본색이라는 게 있어서 늘 탈이다. 아무리 사슴 뭣이나 주무르시며 지내셔도 촌사람 같지는 않았던 모양이다. 어느날 마을에서 심각한 사건이 생겼다. 소 도살업을 하던 이가 살인 누명을 쓰고 죽게 되었으니 가서 말 좀 해달라는 것. 생사람이 죽게 되었다는데 부모님이 어찌 나 몰라라 할 수 있겠는가.

사건은 이랬다. 소 잡는 이가 고기를 판 그때쯤 멀지 않은 곳에서 살인사건이 있었다. 당연히 옷과 손에 핏자국이 있던 소잡이가 잡혀 들어갔다. 남쪽에서 미군을 만나면 무조건 yes나 ok를 외치듯 북쪽에서는 Da(=yes)를 질러댔단다. 잘 보이려고 애매한 웃음까지 흘렸다니 더욱 의심받을 만했다.

소련군 장교가 "네가 죽였지?"라고 하자, 용의자는 "Da~, Da Da Da~"라고 연신 굽신거리며 비실비실 웃어댔다. 총을 가슴에 겨누고 "네가 한 짓이지?"라고 따지자 "Da~, Da Da─"라며 바보 같기도 하고 미친 것 같기도 한 행동을 보여 사형을 집행하지 못하고 있었다. 그때 소잡이의 친척이 유식해 보이던 마냐 부부를 기억해내곤 쫓아와서 살려달라고 애걸복걸한 것이었다. 이 일로 통역을 해준 마냐의 인텔리 전력이 탄로나고 말았다.

사슴목장은 차츰 소문을 타기 시작했다. 사슴 뿔을 자른 뒤엔 그 상처에 솜을 덮어두는 모양이다. 그 솜이 가난한 사람들에게 나누어졌다. 사슴 피의 약효가 얼마나 대단한지는 몰라도 영양실조로 병든 사람에겐 선약이 되었을 법하다. 한 분은 약으로, 또 한 분은 유창한 노어로 많은 이들의 입에 올랐다. 주위 사람의 인심을 얻은 것. 이것이 마냐 부부의 월남을 도왔다.

아버지는 러시아에서 그러셨던 것처럼 이곳에서도 헐벗은 사람들을 그냥 지나치지 못하셨다. 인근 마을에 굶주리거나 병든 사람이 있으면 돈이 되었건 가축이 되었건 형편이 닿는 대로 갖다 주었다. 그러고도 금새 잊어버리셨단다. 마치 아무 일도 하지 않았다는 듯이….

남북통행이 막히기 전 사령관이 특별히 마련해 준 통행증과 차량으로 한탄강 철원 건너편까지는 무사히 내려오셨다. 달 없는 밤으로 날을 잡아 그 많고많은 산들을 탈없이 넘어오셨는데, 앞에 가로놓인 강이 문제였다. 수영이라곤 해본 일 없는 만주사람에겐 물살이 센 한탄강 상류를 건너는 것은 목숨을 내놓는 일이었으리라. 한탄강까지는 보호해 주마던 사령관의 말도 마음에 걸렸다. 총알이 앞에서 뿐만 아니라 꼭 뒤에서도 날아올 것만 같았단다. 더는 못가겠다고 뻬쓰시는 어머니를 아버지는 어르고 윽박지르셨다. 아버지께선 평생에 그때처럼 어려웠던 때가 없었노라고 두고두고 회상하셨다.

그 날 이후 돌아가실 때까지, 남들이 결혼 기념일을 기리듯 두 분은 철원 땅을 찾아가시어 도강 기념일을 기리셨다.

# 생명 다할 때까지 아버지를 사랑한 어머니

산 넘고 물 건너 찾아온 희망의 땅이자 자유의 땅 남쪽.

그러나 낯설고 물설어서인지 38따라지들에겐 고생의 땅일 수밖에 없었다. 사회 구조와 정서가 전혀 다른 이국에서 살아온 마냐에게는 더욱 어려웠던 것 같다.

시작은 참으로 좋아 보였다. 빼어난 미모의 여동생 따냐와 뛰어난 사업수완을 지닌 그녀의 남편. 먼저 이 부부가 친정 식구들과 남쪽 땅에 터전을 잡았다. 따냐는 일본 사람이 경영하던 인천 알미늄을 인수한 뒤 남산을 마당으로 싸안은 장충동에 시동생들과 터를 잡았다. 또 한강이 굽어보이는 노량진의 언덕배기에 친정 식구들의 살림집을 마련해 주었다.

돌 축대가 높직한 장충동 집에는 아름드리 고목이 드리우는 그늘 사이사이로 장미가 향기로웠고, 노량진의 햇살 바른 하얀 집에는 갖가지 꽃들이 피고지는 뜨락이 널찍했다. 이층은 마냐 부부의 보금자리로 남겨 두었다. 서구화가 빨랐던 국제도시 하얼빈에서는 노부모가 아들 아닌 딸과 사는 게 보편적이었다.

오지 항아리와 놋쇠 식기를 쓰던 한국인들이 양은냄비와 양동이를 막 쓰기 시작하던 때, 인천 알미늄을 인수한 것은 탁월한 선택이었음에 틀림없다. 알미늄의 원료인 보키사이트를 아버지의 지인이 함경도에서 공급해 주고 있었다.

남북통행이 금지되고 분단이 확실해지자 마냐 부부도 월남하기로 결정했는데, 월남을 결행하기 전 이들 가족들은 사용 가능한 전재산을 모아 보키사이트를 매입하여 그들의 화물선에 실어 먼저 인천으로 떠나게 했다. 그런데 누가 알았으랴. 가장 믿을 만하다고 여기고 뽑은 선장에게 물건을 맡긴 것인데, 그자가 그 배를 타고 일본으로 밀항해 버릴 줄을. 고양이에게 생선을 맡긴 꼴이 되어버린 것이다.

마냐는 친정 식구들 볼 낯이 없었다. 남을 잘 믿는 게 남편의 단점이면서도 미워할 수 없는 장점이라는 걸 친정 식구들은 모두 잘 알고 있었다. 그 배를 훔쳐간 선장이 훗날 교포사회 민단계의 거물이 되어 있음을 알게 된 건 한일 국교 정상화가 이루어진 뒤의 일이다. 아버지의 돈으로 성공한 그 거물은 끝내, 단 한푼도 배상이건 보상이건 하질 않았다.

　　마냐의 네 남동생들은 모두 중랑교에 있던 서울공대에 입학했
다. 3학년에 둘, 2학년과 1학년에 각각 하나. 식구가 줄어 허전하
고 마음도 편치 못할 언니를 위하여 이모 따냐가 거금을 투자했
다. 청파동 어디께에 있던 작은 보살 절에 500원을 내고 어머니는
아들 점지 불공을 드렸다. 이런저런 경비의 합은 700원이나 되었
다. 그때 주사 월급이 17원이었는지 그랬다고 하니 거금이었다.
그런데 언니 마냐의 기도가 끝나기도 전에 산 넘고 물 건너기에 지
쳤던지 이모 따냐가 세상을 뜨고 말았다. 일년 뒤, 아들 아닌 나 미
영순이 태어났다. 이런 인연으로 태어났기에 나는 훗날에도 절세
가인 이모의 이야기를 두고두고 들었다.

인물이 빼어난 외가쪽 식구들. 외할머니, 엄마, 이모와 외삼촌들

이제는 공식적으로 한국전쟁이라고 부르는 6.25동란이 일어났다. 삼천만이 다같이 겪은 민족의 비극이었지만, 월남한 38따라지들에겐 죽음보다 더한 공포의 시간이었으리라. 북쪽의 말대로 하자면 악질 반동분자들이니까. 억센 함경도 사투리가 악질 반동임을 여지없이 들통낼 판. 다행이 아버지께선 그때 유행병을 앓으셨고, 피난을 떠날 처지가 못되어 창신동의 어느 허름한 집 마루 밑에서 죽음보다 끈적거린 그 여름을 나셨다. 베개 밑이 까맣게 썩도록 고열에 시달리시며.

한강철교가 끊어지고 서울이 인민군에 점령되던 날, 피난민 중에 부모를 잃은 형제가 대문 앞에서 울고 있더란다. 형의 등에서 앙앙 울어제끼는 동생은 당신들 딸 또래인 세살바기. 그 아일 업고 덩달아 우는 형은 겨우 일곱 살. 차마 모른 체 할 수 없어 아이들을 집에 들였다. 포성이 점점 가까워지고, 멀지 않은 곳에서 폭탄이 꽝꽝 터질 때마다 등에 업힌 울보가 자지러지게 울어댔다. 같은 세살바기인 나는 어른스럽게 그 어린것을 달래느라 애를 쓰더라나?

"이렇게 문을 닫으면 폭탄이 못들어와, 내가 문 다 닫았으니 울지 마아—" 딸의 짓거리가 맹랑하기도 하고 기특하기도 했지만, 반동분자인 어머니께선 안절부절. 빈 집처럼 꾸며 놓고 마루 밑에 숨어 있는데 애 울음소리가 산통을 깨고말지 싶었다. 긴 망설임 끝에 일곱 살짜리에게 쌀자루를 들려서 두 아이를 밖으로 내보냈다. 상황이 그럴 수밖에 없었지만, 내 어머니께선 그 일을 두고두고 마음 아파하셨다. 그 뒤 어머니의 기도에는 그 가여운 형제를 위한 내용이 꼭 들어 있었다.

전우의 시체를 넘고 넘어 밀리기만 하던 전세가 또 뒤집혀 북진을 했다. 공대에 있던 큰 외삼촌 꼴랴의 지도교수가 공산주의자여서 꼴랴가 어느 정도 영향을 받았던 건 아닐까? 서울이 수복되기 직전 어머니의 남동생 넷이 몽땅 이북으로 갔다. 월북이었는지 납북이었는지 어쨌거나 반공주의자는 아니었기에 외삼촌들은 북쪽에서 아주 높은 지위에 올랐다. 외조모께서도 울며 울며 아들 찾아 떠나셨고, 부자이셨던 외조부께선 북쪽의 말대로 성분이 불순한 탓에 마나님을 따라 나서질 못하셨다.

한국의 분단상황을 압축해 놓으면 바로 우리 외가 얘기가 된다. 외조부께선 하나뿐인 외손녀인 내가 서툰 말로 한창 재롱을 떨기 시작할 무렵 둘째 따님 따냐 뒤를 따라 세상을 떠나셨다. 마냐는 딸 하나를 얻는 동안 참으로 많은 식구들을 잃었다.

난리통에 모든 걸 잃은 이가 얼마나 많을까만 마냐도 그 가운데 한 사람이다. 이제 병에서 간신히 일어난 남편과 콩알 같은 딸 하나밖에 남은 게 없었다. 부모형제도, 널찍하던 집도, 언제나 넉넉해서 그냥 쓰기만 하면 되던 돈도 다 없어지고 말았다.

창신동의 허름한 집에서 이제까지와는 전혀 다른 38따라지의

해병대 근무시절 부대 앞에 선 아버지

고생살이가 시작되었다. 굽 높은 뾰족구두, 슬쩍 말려 올라간 챙이 멋진 모자에 가슴엔 큼직한 코사지를 달고 화신백화점 앞을 지나다니던 멋장이 마냐는 간데없고, 6.25 속에 야들야들 닳아버린 검정고무신의 따라지 마냐가 남았다.

기와집이 무너지는 데에는 3년이 걸린다던가? 받아둔 복의 찌꺼기가 아직 조금은 남아 있었다. 병에서 회복된 아버지께선 해병대 사령관의 촉탁이 되셨다. 전시중에 잠시 있었던 특별한 직책이었던 모양이다. 전쟁통에 제일 행세하던 사람은 역시 군인이었다. 아버지가 사령관의 촉탁이 된 후 세 식구는 그럭저럭 살 만했다. 꽁보리도 귀하던 시절에 보리밥 먹은 일 없고, C-레이션(군인 비상용 식사) 속의 크래커, 버터와 잼, 소시지와 칠면조 고기 등을 자주 먹을 수 있었다. 건포도가 빠끔빠끔 들어간 식빵, 베이컨도 내가 좋아하던 것들이다. 내 입맛이 나이에 어울리지 않게 지금 X세대와 꼭 같은 건 바로 이 때문이다.

내 아버지는 역시 돈버는 것과는 거리가 먼 어른이셨다. 당시의 그 난리통에 적산가옥이라는 게 있었다. 말하자면 월북한 공산주의자들의 재산을 정부가 접수하는 과정에 군인들에게도 차례가 갔던 모양이다. 아버지께도 두어 채 집이 생겼다는데, 그 연고자를 찾아 기어이 그 집 가족들에게 돌려주셨다. 칭송받아야 할 일임에 틀림없지만, 그 뒤의 어려웠던 살림을 생각하면 약간 이해가 안 갈 때도 있다. 늘 경제적인 후견인이었던 장인도 동서도 안 계신 때에 도대체 무얼 믿으셨길래 그러셨을까 싶다.

어쨌거나 내가 어린 날을 보낸 집은 창신동에 있던 저택으로 월북한 인텔리겐챠 공산당 거물의 집이었다. 이층의 마당에는 라일락과 무궁화가, 아랫층 마당에서는 복사꽃이 지고 나면 앵두꽃이 피어나고, 장미와 월계가 흐드러진 후에는 해묵은 등나무에 포도 닮은 보랏빛 꽃송이가 주렁주렁 열렸다. 엄마가 정성스레 가꾸시던 키다리 해바라기 밑에선 갖가지 꽃들이 줄지어서 계절을 따라 피어났다 스러졌다. 구한말에 외국인 선교사가 설계하여 지었다는 이 궁전 같은 집에서 주위의 부러움 속에 공주같이

부대 짚차에 나를 태우시고 서울 시내 구경

자랐다. 마당에 있던 그네는 좀 녹이 슬긴 했어도 나를 골목대장
으로 만들어 주었다.

　6년을 쏟아서 이집 연고자를 찾아내셨는데, 자식 없는 본부인
과 내 동갑짜리 딸 하나를 둔 작은댁이 있었다. 쌍방이 모두 자기
편을 들어주면 절반을 우리 가족에게 주겠다는 로비가(?) 치열했
지만 둘이서 사이좋게 나누어야 한다는 게 내 아버지의 생각이셨
다. 일을 처리한 후 우리 가족은 미련없이 그 궁전을 떠났다. 굳이
그러시지 않아도 좋았을 터인데, 남들이 다 이상하게 여겼지만
스스로 옳다고 여겨 고생길을 찾아 떠나셨다. 그리고, 내 어머니
마냐는 남편의 변함없는 유일한 지지자였으므로 불평 없이 그 길
고긴 고생길에 동행하셨다.

　당신의 생명 다하실 때까지.

# ··· 맹모보다 못하실
##     까닭이 없겠으나…

　맹모삼천지교(孟母三遷之敎). 이 말처럼 나를 부끄럽고 죄스럽게 만드는 것도 드물다. 내 어머니의 가르치심이 결코 맹모보다 못하지 않았으나, 내가 맹자보다 형편없이 못난 탓에 내 어머니의 빼어난 교육법을 나 말고는 아는 이가 없다. 어찌 죄스럽지 않고 부끄럽지 않겠는가.

　내 또래의 이들이 다 그러하듯, 요즈음 아이들을 보면 난 참 엄격한 교육을 받았다는 생각이 든다. 결혼 13년 만에 첫딸을 두신 어머니의 걱정은 행여 내가 버릇없는 애늙은이가 되지 않을까 하는 것이었다. 그 엄격한 교육 때문인지 어렸을 때부터 사관생도라는 별명을 얻었다. 날 때부터 신통찮은 위에다 불치병인 망막질환이라는 난치병을 치료하느라 먹은 갖가지 약이 가져온 슬한 부작용. 사관생도를 닮은 규칙적 생활습관이 아니었다면 지금쯤 나는 침대에서 헤어나지 못하는 신세가 되었을지도 모른다.

어머니는 6.25동란 중이라 해서 하나뿐인 딸의 교육을 절대 소홀히 하지 않으셨다. 38따라지의 고달픈 피난살이에서 우리집 재산 1호는 내 장난감이었다. 하얼빈에서 가져온 커다란 트렁크가 철철 넘쳐나게 장난감이 많았다. 좁쌀과 콩을 넣어 만든 딸랑이, 엄마가 옷을 만들고 아버지가 얼굴을 그린 인형에는 효녀 심청도 있었고, 남장 여장군 무란(木蘭:중국판 잔다르크)이 있었다. 예쁜 일본 인형은 나비부인이었던 것 같다. 백의의 천사 나이팅게일, 갈색머리의 퀴리부인, 빨강머리 앤도 있었다.

막 수복된 서울이 어수선해도 대학교수이셨던 어머니는 4살짜리 쥐방울 딸에게 조기교육을 실시하셨다. 가갸 가댜가, 거겨 걸려서, 고교 고개를, 구규 굴르니, 그기 그랬대.

처음부터 초성과 중성의 조합 이치를 배웠다. 색색으로 칠한 주판과 헌 달력을 오려서 만든 정육면체의 입체달력은 아무리 놀아도 질리지 않는 내 수학교재였다. 양주동 선생께선 "우수마발이 다 삼인칭야라"고 하셨거니와, 그때 나에겐 참으로 우수마발에 교재 아닌 것이 없었다.

무엇이든 체험을 통해 알게 해주시던 어머니 교육법 하나를 소개하겠다. 이웃집에 아기가 태어났다. 대문의 금줄이 걷힌 뒤 어른들을 따라 아기를 구경했다. 예쁜 줄 몰랐지만 어른들의 태도로 보아 좋은 일인 것 같았다.

집에 온 뒤, 우리도 애기 하나 사오자고 졸랐다. 어머니께서 사과 하나를 깎아주시며, "지금은 너 혼자 다 먹지만 아가가 있으면 반을 주어야 하겠지?" 하셨다. 물론 난 다시는 아기 소리를 입 밖에 내지 않았다.

엄마로부터 조기교육을 받은 난 선생님들의 똘똘한 조교였다.

읽고, 생각하고, 스스로 체험하게 가르치신 어머니

시험을 보면 언제나 백 점이었다. 까불다가 틀리면 틀렸지 몰라서 틀릴 일은 없었던 듯하다. 나중에 알게 되었지만 어머닌 선생님들께 내 앞에서는 칭찬을 말아주십사 부탁하셨단다.

초등학교 1학년 때 어머니께서 내주셨던 산수문제가 기억난다. 창신초등학교 1학년에는 모두 12반이 있고, 한국에는 200개의 초등학교가, 세계에는 한국 같은 나라가 또 100개나 된다면 세계에는 1등이 모두 몇 명? 그렇다. 세계에는 참으로 많은 1등이 있었다. 창신초등학교의 1등, 거 정말 별볼일 없는 것이네. 저 빠른 줄만 알고 우쭐대다 거북이가 꾸준하다는 걸 깜박 잊어 버린 토끼 꼴은 이렇게 해서 면할 수 있었다.

내가 교양으로 배운 교육학에서는 어린이에게 칭찬을 많이 해 주어야 한다고 가르치고 있다. 이 말은 대중매체를 통해서도 자주 듣는다. 하지만 지내놓고 보니 아이들 가운데에는 나처럼 칭찬을 아껴야만 하는 아이도 있는 듯하다. 저 잘난 줄만 알다보니 지혜롭지 못한 사람들을 볼 때마다 내 어머니의 교육이 참으로 탁월하셨음에 감탄한다. 콩알 같은 딸이 남의 칭찬을 받을 때 물론 기쁘지 않으셨을까마는 행여 하늘 높은 줄 모르게 될까, 우물 안 개구리가 되어버릴까 늘 염려하셨다.

4살에 글을 배웠고, 5살부터 내 일은 내 손으로 해야만 했다. 외국인 선교사가 지었다는 북구풍의 저택에는 커다란 다락방이 있었다. 3층이 요즈음 원룸식으로 꾸며져 있어 잔치하기 좋았다. 평소에는 운동장 같은 그 방이 바로 내 차지였다. 난 혼자서 그 방을 쓸고 닦고 올록볼록 조각이 예쁜 벽장문도 기름걸레로 훔쳤다. 운동화는 낡은 칫솔로 박박 문질러 빨고, 손수건과 양말은 두 손으로 싹싹 비벼서 빨았다. 깨끗하게 잘했다고 늘 칭찬을 들었는데, 나 안 볼 때 어른들이 마무리해 놓는다는 건 한참이나 더 자란 뒤에야 알았다.

우리집 마당에는 모란꽃이 화려하게 양각된 도기 욕조가 있었다. 여름이면 내 자가용 풀로 변하는 그 욕조에 옆집 꼬맹이가 와서 물놀이를 하다가 미끄러져 물에 빠졌다. 당황한 나는 울며불며 엄마를 찾아 집 안으로 뛰어들어갔다. 그날 저녁 어머니께선 나를 무릎에 앉혀 놓고 사마광(司馬光) 이야기를 들려주셨다. 나와 똑같은 나이의 6살짜리 사마광은 제 키보다 높은 독을 깨서 위험에 빠진 아이를 구해냈다고 한다. 그런데 난 가슴께에도 못미치는 욕조에서 울고불고 하며 난리를 피웠으니…. 지금도 재상 사마광을 생각하면 귀부터 달아오른다.

초등학교 1학년 여름방학, 이웃집 아이가 놀러왔다가 책 한 권을 빌려갔다. 방학이 다 지나 개학이 이틀밖에 남지 않은 날, 어머니께서 책을 찾아오라고 하셨다. 그런데 그 아이 말이, 장충동에 사는 제 사촌이 빌려갔다는 것이 아닌가? 1학년짜리 둘이서 책을 찾아 터덜터덜 길을 떠났는데, 책을 찾아준 그 아이가 자기는 사촌집에서 잘 테니 나만 돌아 가란다. 너무 기가 막혔다. 장충동에서 창신동의 집까지, '엄마 찾아 삼만리' 보다도 백 배나 천 배나 더 먼 것 같았다.

땅거미가 슬슬 내리니 겁도 나기 시작했고, 마음은 급한데 아픈 다리가 말을 듣질 않았다. 급기야 동대문운동장 앞에서 그만 돌부리에 걸려 넘어지고 말았다. 창피하기도 하고, 기운이 없어 일어나기도 싫고, 엄마도 그 아이도 야속하기 짝이 없어 마냥 엎어져 있었다. 그때 누군가 다가와서 나를 일으켜 세웠다.

와, 엄마! 눈물이 왈칵 쏟아졌지만 울음을 터뜨리진 않았다.

남은 길을 엄마 등에 업혀 오면서 고단했던 난 잠이 들고 말았다.

하나뿐인 딸을 어찌 그리 지독하게 길렀냐고? 강하게 길러야만 했던 이유가 있다. 이산가족 찾기에서 빠지지 않고 나오는 말, "이렇게 오래 헤어지게 될 줄 몰랐다." 내 부모님께서도 마찬가지. 전쟁이 머지 않아 다시 일어날 것으로 생각하시고 날 독립심 강한 아이로 기르셨던 것이다. 만에 하나 고아가 되더라도 바르고 꿋꿋하게 살아남도록.

러시아에서 서양인들과 이웃하여 사셨기 때문인지 어머니는 남녀를 불문하고 될 수 있는 대로 많은 친구를 사귀라고 가르치셨다. 그 때가 어떤 시절이었던가? 60년대에 고등학교 학생이었던 사람에게는 생소하게 들릴 말이다. 내가 열댓 살이 넘었으니, 나쁜 친구라도 도와는 줄지언정 그들의 꾐에 빠지지는 않으리라고 어머니는 믿으셨다.

난 1964년에 무전여행이라는 걸 했다. 요즈음처럼 인신매매의 위험이 많지 않았던 때이긴 했지만, 무전여행은 남학생에게도 흔치 않았다. 내 어머니가 프로이드의 맹목적 신봉자는 아니지만, 아이의 인격은 7살 때쯤엔 거의 완성된다는 걸 알고 계셨음이 분명하다. 이렇듯 중학교 이후의 나는 남들이 우려할 만큼 파격적인 자유와 자주권을 보장받고 있었다.

그래서 난 맹모삼천지교라는 말을 들을 때마다 목이 움츠러든다. 병든 딸을 가르치시느라 보따리장수를 마다 않으신 대학교수

출신 내 어머니. 맹모보다 못할 까닭이 없겠으나 내가 맹자만 같
지 못하니 내 어머니께서 맹모 같은 이름을 얻지 못하셨을 따름
이다. 죄스러움에 입술만 씹어본다.

　내생이 있거든 부디 맹자보다 더 장한 아들을 두소서. 향 한
개피 살라 부처님께 올리며 차마 울지도 못하는 울음 삼킨다.

# ··· 우리 딸 대신
## 제가 앓게 하소서

아기가 세상에 태어날 때는 울음부터 터뜨린다는데 이 별난 아이는 입을 꼭 다문 채 세상과 만났다. 볼기부터 맞으면서 시작한 세상, 쉽지 않으리라는 예고였을까? 그래도 아가의 울음, 그건 무한 가능의 외침이었다.

금을 준들 바꾸랴, 은을 준들 바꾸랴. 명필로 소문난 아버지께선 그날의 일력을 잘 떼어내어 아기가 태어난 시각을 적어 분홍빛 비단 수건에 곱게 싸두셨다. 장인이 되는 날 사위에게 내어주시려 했단다. 아직 사용해보지 못한 채 장롱 속에 모셔져 있는…. 이 아이에게 제일 좋은 이름을 지어주려고 한학에 밝은 친구에게 부탁했더니, 영순(榮順)이라는 이름을 지어주었다. 11살을 넘기기 어려우니 일찌감치 신동으로 날리다가 화려하게 가라는 의미.

1940년대에 병원에서 태어나는 호강을 누렸지만, 아니나 다를 까 아기는 약골이었고, 한 주일도 멀다 하고 병원문을 들락거렸 다. 아무래도 울지 않는 게 팔자소관이던가. 아가는 아무리 아파 도, 주사를 맞을 때나 열이 펄펄 끓을 때나 울 줄을 몰랐다. 선천 성 통감실조증인지 참을성이 많은 건지….

어쨌거나 의사가 모르핀이 필요하면 말하라는 큰 통증에도 사 리돈 한 알 먹지 않고 잘 살아 남았다. 이런 별난 아이를 키우신 내 어머니는 딸에 관해선 어느 의사보다도 더 용한 명의다. 아버 지 친구분의 예상과는 달리 골골거리느라 신동으로 날릴 새가 없 었던 탓인지, 어머니라는 명의의 돌보심에 저승사자가 질려버려 서인지 예정된 11살을 그냥 넘겨버렸다. 하지만 죽을 아이가 죽 질 않아서인지 집안이 슬슬 기울어갔다. 예정된 11살이 정말로 고비였다는 듯.

잔병치레 아이의 병은 열서너 살이 되면서부터는 엄마 명의의 한계를 넘어서 있었다. 열세 살 여름 내내 배탈을 앓았다. 아버지 의 친구분인 의사 선생님의 치료는 약봉지 터는 날로 도로묵. 이 병원 저 병원을 찾아다니고 값비싼 탕약 달여대기엔 벌써 집안 형편이 어려워져 있었다. 이 무렵 그 옛날 러시아의 마적떼가 어 머니의 꿈을 자주 습격했다. 호흡곤란에 가깝게 막힌 숨을 길게 몰아쉬는 어머니께 죄송하여 안 아픈 척하고 있었지만, 배탈이라는 게 어디 참을래야 참을 수 있는 것인가. 아이는 속이 냉해서 배탈이 자주 났고, 엄마는 안타까움에 얼굴이 새카맣게 탔다. 여름내 땡볕 아래 산비탈의 돌밭을 일구는 농부처럼.

찬 바람이 돌면서 겨우 배탈이 멎었는데 그 다음엔 변비가 찾아왔다. 좌골신경이 눌려 앉지도 서지도 못해 맴을 치며 병원에 실려가길 숱하게 했다. 신경이 지나치게 예민하다는 게 의사의 진단이었는데, 지금 생각해 보아도 신경성일 가능성이 없진 않다. 갑자기 집안 형편이 어려워졌지만 조금도 불편하지 않은 척하려는 조숙한 아이의 신경성이었으리라. 한 마리의 즐거운 종다리로 짐짓 부모님께 비쳐지고 싶었다.

근본적으로 병을 치료할 방법은 없고 언제나 임시방편에 지나지 않아, 딸을 지켜보는 박꽃 같던 어머니의 얼굴은 강원도 화전민보다 더 검어졌다. 11살에서 성장이 멈춘 아이는 늘 비실비실댔다. 삼복 혹서이건만 땀이 조금이라도 날라치면 금방 소름이 돋으며 재채기를 해댔다. 저혈압에 빈혈에 툭하면 학교에서 쓰러지면서 부모님을 더욱 난처하게 만들었다. 어지간히 형편없는 불량품이라 소문이 났고, 중학교를 마칠 때쯤엔 야맹이 제법 심해져 있었다.

장애인으로의 길은 이렇게 착착 수순을 밟고 있었다. 뒷날, 배가 아픈가 싶은 순간 그냥 졸도하고 마는 이상한 병, 발이 시린가 하면 혈변을 펑펑 쏟아내는 얄궂은 병, 원인은 물론이고 증세까지도 아는 의사가 없는 별난 병으로 이어졌다. 한방에서는 장 기능의 이상이 내 눈병과 관계가 있을 것으로 추측하기도 한다.

어머니께선 그때 치료를 제대로 못해 주신 걸 늘 가슴아파하셨고, 난 11살에 죽지 않은 걸 늘 감사해하고 있다. 아끼고 절약하고, 쌀 한톨을 줍듯 돈이 어느 정도 모이면 내 약값으로 고스란히 나갔다. 어느 결엔가 제법 건강해져 있었는데, 이제 다양한 병치레는

카메라를 구입한 아버지가 촬영한 첫작품 (어머니)

마쳤는가 싶더니 눈이 안 보였다. 지금까지 원인도 치료법도 없는 망막질환.

편작이 열인들 이 병을 어찌 고치리. 의사가 치료법을 모른다고 부모까지 치료를 포기할 수는 없을 터. 굿 빼고는 안 해본 일이 없는 듯하다. 봉사가 될지도 모를 딸을 고치고자 했으나, 아끼고 안 쓰고 모은 돈으론 어림없었다. 큰집에서 작은집으로, 독채에서 셋방으로, 전세에서 사글세로 옮겨다니는 동안 어머니께서도 보따리장수라는 고난의 길로 접어드셨다.

일본과의 관계 정상화가 이루어진 뒤 보세가공품이 물밀듯 밀

려들었다. 어머니는 스웨터 보퉁이를 들고 방문판매에 나섰다. 무겁고 커다란 보퉁이가 그만큼의 무게로 어머니의 삶을 짓눌렀다. 관절에 무리가 생기고 허리가 굽어도 당신을 위해선 단 한 푼도 쓰실 수가 없었다.

아무리 힘에 부쳐도 딸이 봉사 될 날을 앞서서 기다릴 수는 없기에 딸만큼이나 무거운 40kg의 보퉁이를 들고 거리를 헤매셨다. 때로는 양심불량인 고객도 만나고 더러는 수준미달인 인간에게 수모도 겪으셨다. 달동네 비탈길에서 보퉁이 무게를 못이겨 함께 굴러 떨어져 업혀오셨을 때조차 파스 한두 갑으로 그 에리고 저린 마음을 삭이셨다. 설산에서 싯달타가 도를 닦듯 내 어머니에게 있어 딸이라는 존재는 도와 같은 이름이었다.

아무것도 할 수 있는 게 없어 참선만 하는 딸을 보며, 딸이 절망을 담담히 받아들이려고 도를 닦는다고 생각하셨을까?

사실 난 절망, 비탄, 그런 말은 잘 모른다. 어제보다 오늘은 상태가 얼마나 더 나빠졌는지 살폈고, 부모님께 그걸 들키지 않으려고 행동을 줄였을 뿐이다. 화장실에 가느라 더듬는 꼴 안 보이려고 물도 죽지 않을 만큼만 마셨다.

온 가족이 도를 닦듯 비장하게 사는 집. 처절하다고 느낄지도 모르겠다. 그러나 우리집은 언제나 내 재잘거림과 밝은 웃음소리가 멈추질 않았다. 자신의 감정보다 곁에 있는 사람을 배려할 줄 아는 아름답고 성숙한 가족이었다.

러시아 교포 2세인 내 어머니는 한국의 기독교 신앙행태를 별로 내켜하시지 않았지만, 미션 학교를 다니셔서 기독교적 사고에 익숙하신 어른이다. 그래서 치성·고사·굿 같은 단어 자체에 거부감을 갖고 계셨다. 하지만 알 수도 고칠 수도 없는 병을 앓는 딸을 둔 뒤로 어머니는 점이라는 걸 믿게 되셨다. 병점(病占)에 용한 이가 있다는 말을 들으면 천리길도 멀다 않고 찾아가셨다. 우리말이 서툰 당신 스스로는 그 노래장단 같은 점쟁이 사설을 알아들으실 수 없어 통역을 해줄 수 있는 사람을 데리고 다니셨다.

"팔자에 없어 되고 싶어도 봉사는 못된다"는 그들의 한결같은 점괘는 큰 위안과 희망이 되었던 것 같다. 이런 걸 불행중 다행이라고 해야 하나?

눈병이 나기 전에 내가 불교를 알고 믿게 되었고, 나를 따라 어머니께서도 울긋불긋한 법당에 조금씩 익숙해졌다. 고사라거니 산신기도라는 통상적인 기도방법이 어머니에겐 먹혀들지 않을 줄 알았던지 점쟁이들은 불공을 열심히 드리라는 처방을 내렸다. 관절염으로 걸음이 불편하신 어머니께서는 그 무릎이 닳도록, 법당 마루가 닳도록 절을 하셨다.

곱게 두르신 소복보다 더 하얀 마음으로, 신을 줄 모르시는 옥양목 버선을 힘주어 당기며 기도하고 또 기도드리셨다.

"제가 딸 대신 앓도록 도와 주소서."

# 어머니 무덤으로
## 부친 생일카드

기적이라고들 했다. 겨우 낮과 밤이나 구별할 수 있는 정도로 어둠 속에서 보낸 기간은 6개월쯤. 눈이 조금씩 회복되기 시작했다. 기적이라는 말의 본뜻이야 심오하지만 너무 함부로, 가볍게 써버리는 듯하여 그리 즐겨 쓰지는 않는다. 팔자에 없어서 봉사는 못될 거라던 점쟁이가 용하긴 참으로 용했던 모양이다.

커다란 간판 글씨가 조금씩 눈에 들어오게 되자, 막 초등학교에 입학한 아이처럼 그걸 소리내어 읽으면서 거리를 다녔다. 그때 마주쳤던 이들은 날 정신병자쯤으로 여기지 않았을지….

하얼빈 최고 멋쟁이 마냐의 어린 딸도 멋부리는 솜씨가 만만치는 않았던 듯. 줄레줄레 따라오며 몇 시냐고 묻는 못난이도 있었고, 일부러 내 어깨를 툭툭 치며 스쳐가는 불량배도 있었지만

다 용서가 되었다. 그쯤이야 대수랴. 내 눈이, 세상을 몰라보던 내 눈이 그들의 그런 꼴까지 알아 본다는 것이 오히려 감사할 지경 이었다. 끔찍하기만 하던 송충이도, 발에 걸려 기분 상하게 하던 길가의 쓰레기조차 황홀하기 그지없었다.

시력 회복은 직선 상승은 아니었다. 어느 날 달콤한 오수를 즐 기고 났는데 갑자기 오른쪽 눈이 보이질 않았다. 국립의료원 안 과, 한의원, 미국인 의사까지 쫓아다녔지만 원인을 찾을 수 없었 고, 그냥 내 눈이 원래 멀게 되어 있는 거란다.

어쨌거나, 누구의 의술이 신통했던지 멀기로 되어 있다는 내 눈이 이번에도 슬그머니 회복되었다. 조금 더 좋아져 보려고 이 런저런 치료를 받았다. 당시 새롭게 인기를 끌던 체질침을 얼마 간 맞다보니 이번에는 왼쪽 눈이 깜깜해졌다. 이렇듯 왔다갔다 하던 눈은 그후로도 사람을 놀리듯이 슬금찔금 좋아져 갔다.

"우리 딸이 별을 봤소."

어느날엔가 밤에 내가 별을 보았을 때, 아버지께서 떨리는 음 성으로 동네방네 자랑하며 다니셨다. 어머니께서는 처음 딸의 눈 이 안 보이게 되었을 때 눈물을 보이지 않으셨다. 그리고 딸의 눈 이 보였을 때도 역시 눈물은 비치지 않으셨다. "우리 딸이 별을 봤소"라며 외치던 떨리는 아버지 음성을 듣고 황급히 부엌으로 들어가신 어머니의 눈에서 눈물이 펑펑 쏟아지고 있음을 어머니의 등 뒤에서 알아채긴 했지만….

당시 우리는 수유리의 화계사 근처에 살았었기에 기도를 하기 위해, 또 산책 삼아 자주 화계사에 다녔다. 어머니와 같이 갈 때도 있었고, 혼자 갈 때면 눈이 안 보이는 나는 법당에서 참선을 하곤 했었다. 그 후 33년 만에 그 절의 스님을 우연히 만난 적이 있다. 이제는 주지가 되어 계신 그 스님은 놀랍게도 딸 때문에 법당에서 소리 죽여 우시던 내 어머니를 당신 어머니인 듯 기억한단다.

그랬다. 어머니께선 가족 모르게 부처님 앞에서 혼자 우시며 힘든 세월을 이겨내셨던 거다. 세상 일을 혼자 다 아는 체 건방을 떨었지만 어머니의 눈물조차 까맣게 몰랐던 바보라는 걸 나이 50이 되어서야 겨우 알았다.

한 시간에 책장 한 번 넘어갈까 말까 하게 느림보였지만 한 자 읽고 쉬고, 한 줄 읽고 쉬면서 책을 읽었다. 우리 고전문학, 일본소설 선집, 피이테와 헤겔 등 그때까지 미처 못읽었던 책들을 그렇게 쉬엄쉬엄 읽었다. 애쓰는 모습이 보기에 딱하셨던지 어머니께서는 눈이 좀더 좋아진 뒤에 읽어도 늦을 건 없지 않겠냐고 조심스레 충고하셨다.

난 "머릿속에서 녹스는 소리가 들려요"라고 대답했다. 실수였다. 엄청나게 큰 실수였다. 무심코 드린 말씀이 어머니를 너무 아프게 했다. 이때부터 나의 머리를 녹슬지 않게 하려는 갖가지 학원 수강이 시작되었다. 영어회화, 일어회화, 꽃꽂이, 요리강습,

한국무용, 단소, 장구, 가야금, 시조···. 허리가 15도쯤 굽어지도록  관절의 병이 깊어지신 어머니께서 보따리 행상으로 돈을 벌어 그  많은 수강료를 대셨다.

60년대 말에는 오나가나 '재건! 재건!'을 부르짖었다. 쓰레기 수거원은 재건대원, 가난한 연인들의 알뜰 사랑은 재건 데이트. 눈에 띄는 성과가 나타나기 시작했다. 포장된 도로가 길어지고 넓어지고, 육교도 세워지고 지하도도 뚫렸다. 오늘은 여기가 파헤쳐지고 내일은 저기를 불도저로 밀어부쳤다.

재건이 눈부실수록 보따리가 큰 어머니나 눈이 시원치 못한 딸이나 다니기가 쉽질 않았다. 한 번 외출에 옷이 땀에 젖도록 진땀을 빼고, 시내의 웬만한 계단은 구구단을 외우듯 그 숫자를 외어야 했다. 재건이 그리 쉽게 끝날 것 같지 않아, 차라리 내 눈이 회복되기를 열망하자 정말로 조금씩 눈이 좋아져서 다니기에 조금 익숙해졌다. 어머니의 고생을 계속 모른 체한대서야 어찌 사람이라 할 수 있겠는가.

나는 돈벌이에 나섰다. 우리 모녀를 빼고는 구슬백을 들지 않은 이가 없을 정도로 구슬백 유행은 한동안 대단했다. 그 구슬가방을 보세가공하는 재일교포의 살림집을 겸하는 사무실에서 짧은 일어 솜씨로 국제전화도 받고 아이들에게 우리말도 가르쳤다. 재건이 본격적인 건설로 발전하면서 건설업과 건축자재가 날개를 단 듯 공중으로 솟구쳤다.

　세상 물정을 좀 배운 나는 합판 판매에 뛰어들었다. 땅 짚고 헤엄치기라는 말이 실감 날 정도로 그때의 합판 판매는 호황을 누렸다. 보름 뒤에 합판 몇 장을 받는다는 약속만으로도 오늘 당장 현금을 손에 쥐어 주는 이가 줄을 서는 그런 장사였다. 장사가 잘 된 덕에 어머니께선 힘겨운 보따리장수를 졸업하셨고, 난 방송통신대학에 입학했다. 책을 다시 읽기 시작하던 그때처럼 쉬엄쉬엄 학교공부가 계속되었다.

생일날 함께 모인 부모님과 이모, 외삼촌. 어머니는 형제들을 끔찍히 사랑하셨다

　　3년 동안 꽤 많은 돈을 벌어들였는데, 요즈음의 주식 천재로 비교될 수 있을 만했다. 부모님께 돈을 맡기고 대학 공부에 빠져 있는 사이 그 돈을 노린 이가 있었다. 젊은날이 아무리 화려했어도 노인은 어쩔 수 없이 노인이었던 모양이다.

　　손수 벌지는 않았어도 외할아버지와 이모부의 돈을 관리하셨고, 외출할 때는 언제 쓰일지 몰라 항상 두툼한 돈보따리를 들고 다니시던 아버지였는데 평소 알고 지내던 사람으로부터 사기를 당했다. 피같은 큰돈을 고스란히···. 앞 못보는 딸이 번 돈을 지키지 못했다는 가책이 아버지를 결국 화병으로 돌아가시게 했다.

　　하지만 전재산을 날리고도, 남편을 잃고도 어머니께선 여전히 의연하셨다. 딸이 아무 생각 없이 공부를 계속할 수 있도록 해주셨다. 독립지사의 따님이셨던 어머니의 그 강인하심이, 6.25를 겪으면서 부모님과 동생들을 모두 떠나보내고도 내색하지 않으셨던 그 담대함이 당신의 전부인 줄 알았다. 법당에서 혼자 우시던 또 다른 어머니의 모습은 까맣게 몰랐으니까. 나는 조금의 주저함도 없이, 그 꿋꿋하심만을 철석같이 믿고 칠순 노모를 홀로 남겨두고 유학을 떠났다. 학비 걱정이 없다는 것만 좋아라 하면서.

　　대만은 약한 체질인 내가 쉽게 적응할 수 있는 곳이 아니었다. 9월이라도 우리 삼복 때보다 몇 갑절은 더 더운 곳이라 너무 힘들었다. 머리에서 발끝까지 한차례 뒤집어 쓰기에 땀띠약 한 통이 모자랐다. 아열대인 대만은 갖가지 해충과 독충의 낙원이었다. 일주일 전에 물린 자국부터 방금 막 물린 데까지 쉰 군데도 넘는 물린 자국이 한꺼번에 가려워 미칠 지경이었다. 더워서 못 자고 가려워서 못 잤다. 돗자리 한 장을 콘크리트 바닥에 깔고 파김치처럼 늘어져 있었다 그러느라 한 주일에 한 번, 어떤 때는 보름에 한 번은 꼼짝도 못한 채 앓아야 했다.

기가 막힌 건 어머니의 편지였다. 부치신 지 닷새쯤 뒤에 받게 되는 어머니의 편지 내용이 "어디 아픈 데는 없느냐? 몸조심 하거라"이면, 그 닷새 전에 난 영락없이 끙끙 앓고 있었다. 이런 게 바로 부모 자식 사이인가 보다. 보이지 않는 질긴 끈으로 서로 묶여 있는 것.

여름만큼이나 징그러운 게 대만의 겨울이었다. 기온은 섭씨 15도인데 심장이 오그라지게 추웠노라면 날 엄살꾼이라고 할까? 일주일에 사오 일이 비실비실 비내리는 날인데, 하늘과 땅 사이에 불기라곤 없으니 살가죽은 하나도 춥지 않은데 뼛속이 얼어붙게 시렸다. 개구쟁이 도깨비가 목덜미 뒤로 얼음물을 솔솔 쏟아 붓는 그런 기분이라면 이해가 될까?

이런 맹랑한 추위를 소식이랍시고 어머니께 말씀드린 내가 속이 모자랐다. 담요에 털로 짠 타이즈를 고루고루 챙겨 보내셨다. 어머니껜 그런 돈이 없다는 걸 내가 아는데. 당신 지내시라고 마련해드린 방 두 칸짜리 작은 집을 세놓고 나와, 굴 같은 작은 방

하나에 세들어 사셨던 거다.

교육심리학과 사회심리학만을 배우고 미처 노인심리학을 배우지 못한 나 자신을 오랫동안 두고두고 나무랐다. 아무리 강인해 보이셨어도 남편도 돈도 다 잃은, 몸도 마음도 구멍 뚫린 풀 꺾인 노인이었다는 걸 미처 헤아리지 못했다. 공항에 전송 나오셨을 때의 어머니의 모습이 떠오른다. 허리는 눈에 띠게 굽었고, 보철을 하지 못해 뽑은 치아도 한둘이 아니었다.

하얼빈의 최고 멋장이 마냐는 또래보다 나이들고 지친 모습이었다는 걸 난 놓치고 말았다. 흐드러지던 넝쿨장미가 송글송글 땀방울 속에 시들어 갈 때면, 붉디붉은 사루비아가 희멀겋게 지는 때가 올 때면, 꼭 그만큼 늙고 초라해지신 당신을 반추하시던 어머니를 무심히 보아 넘겼다.

딸을 떠나보낸 지 4개월, 강인하고 의연하기만 하던 노인이 홀로 쓰러지셨다. 알리지 말라는 당부로 인해 나는 까맣게 그 사실을 모르고 있었다. 일주일 뒤에 다시 쓰러지시자 보다 못한 내 친구가 전보를 쳤다. 놀라서 집에 전화해 보니, "이제 좋아졌으니 걱정 말라"고 하신다.

사태가 급박해져서 내 친구가 다시 전보를 친 날은 그 해의 마지막 날. 연휴에 출국수속이 늦어져 1월 8일 저녁에 집에 도착했다. 어머니는 딸을 만나보신 한시간 뒤 안도의 깊은 잠에 드셨다.

미련하고 무심한 이 딸을 기다리며 저승사자와 겨루시길 보름, 내 어머니께선 마지막까지 참으로 강인하셨다.

어머니께서 가신 날은 당신 태어나신 날 사흘 뒤. 73회 생신을 축하하느라 대만에서 부쳐드린 카드는 당신 떠나신 다음날에야 도착했다. 연휴를 충분히 감안하고 부쳤는데 그 때야 도착한 것이다. 관두껑에 못질을 하기 전 차마 오열조차 하지 못하며 그 카드를 손에 쥐어드렸다.

당신께 익숙한 그 중국 향내가 솔솔 풍기는 빨강 종이에 쓰인 황금빛 축복의 말 한 마디가 무슨 위안이 되랴. 중국 향 진하게 풍기는 빨강 카드를 받게 되면 지금도 난 가슴이 미어진다.

'관 속에서 받으신 생일카드', 내 불효의 죄명이다.

# 그리운 아버지,
## 사랑합니다

　함경북도 경성군 경성면, 오래 되고 야트막한 성벽이 구불구불 이어져서 마을과 뒷동산을 가른다고 했다. 머지 않은 곳에 위치한 칠보산, 기암괴석이 신의 조각품이라며 오히려 금강산 밑에 사는 사람들을 부러워하지 않았다. 말에 의하면 칠보산은 바위와 산 자체의 조형미가, 금강산은 산세의 아름다움이 각각 한반도 제일이라고 한다. 남북관계가 한창 좋았을 때 금강산 다음으로 이 칠보산을 개발하겠다는 얘기가 나왔던 것 같다.

　칠보산을 바라보며 자라서인지 산처럼 잘 빚어진(?) 사내아이가 있었다. 고깃배를 수십 척이나 가진 마을 유지의 차남, 내 아버지시다. 별명이 허순이었을 정도로 성격이 좋았던 형님을 아우들이 기억했다. 3살 터울 형님과 함께 6살까진 머리 땋고 서당에 다니다가, 다시 형님과 함께 소학교에 들어가 신식 공부를 시작했다.

"아는 사람은 손 들어봐라." 뒷줄 형님을 돌아보지 않고 번쩍 "저요!" 했다가 머리채가 사정없이 당겨지곤 했단다. 누님이 둘째 역성을 들어주었다간 누님 머리채도…. 예전엔 그런 장남권 신수설(長男權神受說)이라는 게 있었다나?

이 곱상 명랑한 아이가 '오하이오, 아리가또 고자이마스' 발음이 똘망똘망해서 특별한 임무를 수행하게 된다. 3.1만세도 6.10만세도 함경도에서는 시차를 두고 퍼졌는데 투옥된 사람들이 적지 않았다. 가족이 바쁘거나 경성 외곽의 시골 사람들의 사식 나르기를 11살 허순이 맡게 되었다.

이름은 허순인데 행동은 날쌘돌이였다. 순사 아저씨한테 꾸벅 인사도 잘해서 귀여움도 받았다. 밖에서 만세운동이 벌어진 바로 그 시간에 감방 안에서도 한꺼번에 만세운동이 벌어졌다. 수사 결과 보자기 속, 주발 속, 밥 속에 정보를 건네는 쪽지가 들었던 걸 아이야 알 리가 없었다. 11살 허순은 졸지에 요시찰 인물이 되고 말았다.어린 아들이 수시로 시달리는 꼴을 참기 힘드셨던 조부께서 우연인지 계획이었는지 만주 가는 젊은이 편에 아들을 부탁하셨다. 그 댓가로 고깃배 한 척이 팔려나갔다.

용정처럼 많이 듣던 곳이 아닌, 만주 하고도 외진 곳에서 어린 아버지는 '청산' 인지 '강산' 인지 하는 중학교를 다녔다. 함께 간 젊은이가 상해로 떠난 뒤 반 년을 채 못버티고 갖은 고생을 하다가 고향으로 돌아왔다. 그 5년 사이 고향 사정도 많이 달라져 있어 순사가 찾아오는 일은 없었다.

'지난 날 강가에서 말'을 달리진 않으셨지만 어린 나이에 너무 넓은 땅을 보아버리신 거다. 그때쯤엔 배도 겨우 서너 척으로 줄어 할아버지의 가세도 많이 기울어 있었다. 경성에 눌러있다간 고기 잡을 일밖에 없을 것 같아 대도시 하얼빈으로 튀기로 작정을 하셨단다. 하늘이 도왔는지 기회가 왔다. 배 판 대금을 받아오라는 심부름으로 대문을 나서실 때 방에 글을 남기셨다.

'불효자를 용서하소서.'

선친께선 생전에 명필 소리를 들으셨다. 반듯반듯 예쁘장한 글씨. 필체에 호방 박력이 없어 난 늘 불만이었지만, 아무튼 그 반듯한 글씨와, 글씨보다 더 반듯한 용모 덕에 큰 고생 없이 도서관 필경사로 취직이 되었다. 모택동은 도서관에 근무할 때 사상을 읽었다는데, 선친께선 모르긴 해도 시와 소설을 읽으셨을 게다. 낡았을망정 고깃배 한 척을 들고 가출을 하셨으니 뼈 빠지는 고생은 없으셨을 것 같다. 누구의 돈을 쓰시던, 선친께선 평생이 늘 넉넉하셨다.

솜사탕처럼 부드럽고 달콤한 남자셨지만 그렇다고 무른 팥죽도 아니었다. 1930년대 중반 이후 하얼빈에는 가난한 조선인들이 많이 흘러들었다고 한다. 코 흘리개 어린것을 등에 들쳐업고, 밥

공기에서 바가지, 대야까지 포개어 엉덩이에 둘러차고, 어린아이의 발이 제 엄마 등 뒤에서 통통 통탕 바가지 장단을 맞추더란다. 거리에서 꽁초 줍는 남루한 이들도 많았고 중국인들에게 아편을 팔다가 붙들려 가는 이들도 많았다. 그때 그들의 망가진 모습을 본 선친께선 평생 동안 술, 담배를 하지 않으셨다.

얼마 후 수완 좋은 조선 사업가를 만나게 되어 도서관에서 회사로 직장을 옮기셨다. 3살쯤 위인 사장에겐 양귀비 같은 아내가

사업가 이모부와 피겨 국제심판 따냐 이모 그리고 부모님

있었는데, 이 사장 사모님이 발 벗고 나서서 이 잘 생긴 허순을 형부로 만들었다.

선친이 안소니 퍼킨스라면 이모부님은 빅터 매튜어? 두 쌍의 안팎이 모두 참 보기 드문 선남선녀였다. 장인과 나이 많은 손아래 동서가 다 대단한 사업가여서, 선친께선 돈이 항상 넉넉하셨다. 조선에서 온 유랑극단이 배를 곯는다면 만사 제치고 찾아가 밥을 사고, 가난한 문인이 왔다면 인력거에 태워 도서관에 데려다 주기도 했다. 처가 식구들은 이런 아버지를 딱하게 생각했지만 미워하진

않았다. 아내보다 더 열렬한 불변의 지지자 처제가 늘 방패막이였다.

그렇게 든든한 보호막이었던 장인도 처제도 전쟁을 전후로 세상을 뜨셨다. 돈을 멋지게 쓰는 법만 아시고 많이 버는 법은 알고 싶지 않으셨던 선친의 고달픈 세월이 기다리고 있었다.

그런데 고달픈 건 옆에서 보는 이의 짐작일 뿐 당신은 전혀 아니셨던 듯하다. 길에 쓰러진 사람을 업고 병원엘 갔는데 당장 수술해야 하는 위험한 상황이라 잘 나가던 의사 친구를 보증 세우고 수술을 받게 했다. 결국 당신 주머니가 비어서 의사 친구가 대신 지불했다. "생 목숨이 끊어질 판에 네 돈 내 돈 따질 새가 어디 있냐?"는 말씀에 친구도 따를 수밖에. 당신 주머니가 비었어도 돈 무서운 줄 모르고 사실 수 있었던 선친은 분명 행운아였다.

단정치 못한 여자를 비꼬는 속담이 있다. '동네에 시아버지가 열 둘'. 선친은 동네에 아들딸이 스물이셨다. 그렇게나 능력이? 더러는 선친께서 하도 핸섬하셔서 제 발로 따라온 아들딸, 더러는 아버지의 비단결 마음으로 거두어들이신 아들딸이었다.

어린것이 겨울 밤에 메밀묵 파는 게 딱해서 불 좀 쬐고 가라고 하셨고, 오뉴월 삼복에 제 키만한 석빙고 아이스케키 통을 멘 아이가 흘리는 땀이 애처러워 냉수 한 컵 먹여 보내려 하셨다. 당신 주머니는 비었기에 어머니께서 묵도 사시고 아이스케키도 사셨

할아버지 소유인 하루스 백화점 앞에 선 아버지의 멋진 모습

다. 잘 안 보이는 딸을 침 맞히러 손 붙들고 가시다가 시골에서 온 이가 길을 못 찾아 쩔쩔매면 나를 길 한구석에 세워두고 그와 같이 가서 한참 동안 길을 대신 찾아주고 오시기도 하셨다. 이들 중에는 성공하여 미국으로 이민 갈 때까지 십수 년을 아들 노릇 한 이도 있다.

난 아버지를 미워하진 않았어도 딱하게 생각하던 때가 많았다. 그러나 지금은 나도 나이를 먹어서인지 생각이 바뀌었다. 장애인인 내가 박사랍시고 희희낙락 잘 살고 있는 건 순전히 아버지의 공덕이라는 생각을 이제야 하고 있다. 선친께서 뿌린 베풂의 씨를 내가 멋도 모르고 거두었던 것이다. 대학부터 박사까지의 전 과정을 장학금이라는 남의 덕으로 공부했다. 저시력 시각장애인이 되고 나선 오고가며 남의 도움을 받고 있다. 그게 다 선친의 공인 것을 이제야 깨닫는다. 뒤늦게 철이 들어서 이름을 자식이라 했나 보다.

느지막히 이제야 선친 영정에 꽃을 바치며 속삭인다.

"아버지 사랑해요, 사랑했어요."

# ··· 인생을 당당하게
## 살다간 아버지

　이른바 명망있는 아버지 덕에 별처럼 반짝이는 사람들을 주위에서 보며 이따금 나의 아버지를 회고할 때가 있다. 저시력을 위한, 저시력인들의 원스톱 서비스 센터 하나 세우기가 쉽지 않아서 원망을 섞어 기억을 더듬기도 한다. 세상의 기준으로 말하는 자랑거리 하나 남기시지 않아 오히려 자랑하고 싶은, 안소니 퍼킨스를 닮은 나의 아버지.

　딸 아닌 여자의 눈으로 볼 때 아버지는 쾌남이라기 보다는 꽃미남이다. 떡 벌어지지 않고 미끈한 체격에, 얼굴 어느 한구석도 흠 잡을 데가 없다. 하얼빈 최고 멋장이 마냐 김의 남편이시니 옷맵시 또한 거의 모델 수준인데, 부드러운 미소에 그 자상함이라니…. 노래 솜씨 끝내주고 단소, 하모니카 실력 쓸 만하고, 젊으실

옳다고 생각한 바를 굽히지 않았던 아버지

땐 바이올린도 하셨다. 일찌감치 폐인들을 겪어본 당신이야 금주 금연이셨지만, 친구분들께선 술자리에 기생은 없어도 내 선친이 빠지면 술맛이 안난다고 하셨단다.

시를 사랑하시어 늘 딸에게 시집을 사다 주셨고, 배 타고 읊으신 자작시로 송화강 숭어 대신 어머니의 사랑을 낚으셨다. 환갑을 지내신 후에도 수양딸 하겠다는 처녀들이 심심치 않게 초인종을 눌렀으니, 이 분의 젊은날이 어떠했을지 짐작이 간다.

아버진 잘 생긴 풍류미남에 돈도 멋지게 쓸 줄 아셨다. 도울 사람은 끝까지 확실하게 도와 주시고, 큰 돈도 익명으로 선뜻 내놓으셨다. 흠이 없으면 사람이랴, 쓸 줄은 아시는데 벌 줄은 모르셨다. 아낀다든지 저축으로 내일을 대비하는 따위는 알고 싶어하시질 않으셨으니 그것이 생활인으로서 치명적인 흠이었다.

당신의 소신은 "목숨이 모자라지, 돈이 모자르랴"였다.

신념이 훌륭했던지 소신대로 살고 가셨다. 돈을 벌기보다 쓰기를 잘하셨어도 엄한 곳엔 쓰질 않으시니 가족들 누구도 미워할 수가 없었던 것 같다.

황금 보기를 돌 같이 하라! 어버지께선 이 말씀을 너무 곧이곧
대로 배우셨던 게다. 팔자를 잘 타고 나셨든지 소신이 좋았든지 해
방과 전쟁의 소용돌이 속에서도 그리 아쉽지 않게 지내셨지만, 말
년 10여 년은 철저히 밑바닥을 경험하셨다. 끼니거리가 오락가락
해도 솟아날 구멍이 있다고 믿으셨다. 부드럽고 넉넉한 표정, 중후
한 풍채, 퍼플 칼라의 누비 가운은 어느 귀족인들 그보다 멋질까
만, 금방이라도 찌그러지고 말 듯한 담장조차 없는 오막살이 셋방
이 이 멋진 어른의 거처였다.

하늘이 무너지려 해
서인지 솟아날 구멍이
뚫릴 듯했다. 어느날 아
버지의 절친한 친구가
대통령 비서실장의 사
돈이 되었다. 지난 한국
정치에서 대통령 측근
의 위력은 도깨비 방망
이를 두드리는 마력이

6.25 전후 해병대 동료들과 부대에서

다. 성공은 물론, 사람의 목숨까지 왔다 가게 할 수 있는 비서실장
사돈의 친구, 그 십 리도 넘어 보이는 관계를 가깝게 보고 접근하
는 이가 있었다.

일의 전모를 정확하게는 모르지만 추려보면 이렇다. 선친의

친구 중에 크지 않은 건설회사 회장이 있었다. 당시 호남 어디에 댐을 건설하려는 움직임이 있었다. 재원은 그 시절 자주 듣던 외국의 차관이었다. 일이 90%쯤 진척되었을 때 당시 굴지의 건설회사가 그 일을 탐냈다. 멋진 외제차가 길이 좁은 우리 동네에 자주 출현해서 사람들이 구경 나갈 지경이었다.

위풍당당한 사람 셋만 들어앉아도 삐걱거리는 찌그러진 우리 집에 사람들이 오갔는데, 일이 은밀해서가 아니라 집이 위태로워서 우리 모녀는 밖으로 밀려났다. 지금은 사과상자로 규모가 커졌지만 당시는 007가방으로, 처음엔 하나를 들고왔다가 돌아갔고 다음엔 두 개가 왔다갔다. 방을 쓸다가 구석에서 주운 악어가죽 허리띠와 지갑, 지갑이 터질 정도로 채워져 있는 달러, 여권과 비즈니스석 비행기표. 와— 이런 세상이 다 있다니…. 아버지께서 잠시 외국여행이나 하고 오시면 보장받을 것이 무궁무진했다. 탐스런 과일나무로 둘러싸인 그림 같은 집에 나의 대학 입학과 미국에서의 치료까지 포함되어 있었다.

아버지는 자상하기 그지없으신 부드러운 남자이시지만 함경도 어른이라 급한 성격인데다, 수 틀리면 불 같은 호령으로 사람을 놀라게 하셨다. "돈 몇 푼에 팔자가 바뀐다 한들 20년 친구를 배반할 놈으로 날 보았느냐? 내 비록 허물어지는 집에 살망정 손가락질 받을 짓은 해본 일 없거늘 사람을 어찌 보고 개수작이냐.

당장 꺼지거라, 괘씸한 것들!"

그 위세에 막강했던 건설회사가 일을 포기한 듯했다. 그러던 중 실장 사돈인 친구의 예고 없는 방문이 있었다. 당시 굴지의 수많은 회사에서 그 분을 고문, 회장, 사장으로 모시고 있었다. 잠시 화장실만 들러

호방한 아버지 곁에는 항상 친구들이 많았다

도 전화가 너댓통씩 밀린다며 푸념 같은 자랑을 늘어놓던 모습을 기억한다.

그분은 우리 집이 무너질까 겁이 나서인지, 아니면 사는 게 너무 어이가 없어서인지 우리집 앞에서 뜸을 오래 들이셨다. 늘 잘 웃고 무엇보다도 잘 노는 천하태평인 친구의 살림이 이 정도일 줄이야…. 계산 빠른 그 분은 자신의 체면을 쟀을지도 모르겠다. 빈 주먹인 내 아버지 대신 직함이 꽉찬 어른께서는 이미 007 돈에 넘어가셨던 것이다.

아버지께서 두 분 친구 중 한 분을 택하신 일은 엉뚱하게도 국가의 손실로 결말이 났다. 아버지께선 불의를 참지 못하시는 분이셨다. 친구 입장 때문에 그냥 넘기진 않으리라는 걸 누구보다 잘 아는 실장 사돈께서 뒤로 물러나셨다. 실세 건설회사는 규모

어느 볕 좋은 날 부모님과 함께

작은 회사의 약점을 꿰뚫고 있었고, 차관을 주기 위해 들어온 조사단에게 작은 회사의 능력 없음을 낱낱이 고해 바쳤다. 결과는 공사 자체가 뒤로 밀리는 것으로 끝났다. 눈 앞에서 어른거리다가 사라져버린 그 엄청난 '담보'를 나는 가끔 생각해낸다. 신의에 목숨 걸었던 내 아버지는 존경받아야 마땅한 어른일까? 우리집 정황과 일의 결말을 살필 때 오히려 단견을 지적 받으셔야 할까? 그걸 난 지금도 잘 모르고 있다. 둥글둥글 좋은 게 좋은 세상살이는 무능하고 비겁한 행동의 표현일까? 아니면 원만하게 사는 한 방법일까?

과거에다 대고 가정을 붙일 만큼 나도 어리석진 않다. 아버지께서 돌로도 안 보신 황금을 나 또한 아쉬워하진 않지만, 아버지께선 이 시대의 코드인 황금의 가치에 대해 너무 무지하셨던 건 아닌가 하는 의구심은 갖고 있다. 궁핍 속에서도 당신은 안으로부터 그 궁핍을 철저하게 체험하지 않으셨기에 황금의 필요성을 체득하지 못하셨던 건 아닐까 하는 것이 아버지에 대한 나의 판단이다.

그렇다고 아버지를 부끄럽게 여기지는 않는다. 누구의 눈치도, 심지어 가족의 눈치조차 보신 일 없이 당신의 소신껏 살다 가신 아버지는 어쩌면 가장 멋진 삶을 사셨는지 모른다. 그래서 좀 염치없어 보이는 아버지의 당당함을 사랑하고 있다.

발에 동상 걸린 거지에게 차비 털어주고 양말까지 벗어주고, 걷다 걷다 힘드셔서 순찰차 얻어타고 귀가하신 내 아버지. 소년 같은 이 분을 난 자랑스럽게 여긴다.

# 고운 님들, 다시는 고향에
## ··· 가지 못하리

　음력 4월 16일은 할머니의 기일이라 일가친척들이 큰댁에 모였다. 일가친척이라고 해 봐야 여느 집 식구 수준이다. 경성의 조부모님께서 이미 작고하셨음을 일본을 거쳐서 안 때부터 생신일을 기일 삼아 이렇게 모이고 있다. 한식을 맞아도 추석을 보내도 찾아가 벌초할 묘소가 없으니 생신잔치 겸 기제사 겸 모여서 조부모님을 기린다.

　한국에서 태어난 나는 환갑상 뒤로 일가친척 둘러세우시고 만국기 사열을 받으며 기념촬영하신 조부모님 사진을 뵈온 일 밖에는 없다. 조금은 근엄해 보이시는 조부님, 치아가 죄 빠져 볼도 맘도 호물호물해 보이시는 조모님. 벽에 커다랗게 붙어 있는 사진을 아가 때부터 보며 자라서 마치 두 분을 모시고 산 것 같다.

아버지 묘소에서 참배하고 있는 어머니와 나

우리집 제사는 5촌에 6촌까지 다 모여 봤자 여전히 조촐하기 짝이 없다. 월남하신 아버지 형제자매 다섯 분과 그 2세들, 한씨보다 숫자가 커서 오씨 성이 자랑이신 당숙 식구들, 최씨 성을 가진 내 고종사촌들, 조모님의 자부와 손부들. 언제나 미씨 성 가진 이보다는 미씨 아닌 이들이 더 떠들썩한 미씨댁 제삿날이다.

이 피붙이들이 서로 살이라도 베어 줄 듯 살가워서 어떤 사람은 과일상자 울러메고, 어떤 사람은 고깃덩이 사들고 모이는 건 아니다. 팽개치듯 노인 두 분만 댕그러니 떼어놓고 내려온 죄책감에 모이지 않고서는 배길 수가 없는 모양이다. 나누시는 말씀만으론 형제분들은 하나같이 더할 수 없는 효자다. 심청이가 왔대도 고개 들기 어렵겠다. 아예 조부모님 산소 앞에선 모두 뒤늦게 엄마 무덤 앞에서 울어대는 청개구리 같다.

내 아버지 형제분들은 많지는 않아도 구성이 복잡하다. 조석으로 예수님께 문안 여쭙는다는 백부님, 딸 때문에 불자가 되신 내 아버지, 오로지 자신만을 믿을 뿐이노라 하시는 큰숙부님, 절에는 뭔 날에나 겨우 가시면서도 당신이 세상에서 가장 지극한 불자라고 여기시는 작은숙부님. 그래선지 서로서로 노여운 일도 많고 섭섭한 것도 적을 리 없다. 그래도 쪼개 가질 유산이 남쪽에는 없어서, 주먹다짐 오가는 형제는 결코 아니다.

우리 조모님은 공양미 보퉁이 싸놓고 앉아서 동트기를 기다리셨다가 첫닭이 울기가 무섭게 절로 오르시던 어른이셨단다. 오르막이 힘들어 잠시 쉬어가실 때조차 쌀 보퉁이가 아무리 무거워도 절대로 머리에서 내려놓질 않으셨단다. 공양미를 땅에 내리는 건 불경인지라. 그 어른의 제사에 목사님이 오셔서 요단강 건너가 만나잔다. 조모님은 요단강이 뭔지도 모르실 텐데…. 목사가 조상신보다 먼저 식사하고 돌아갈 때까지 동생들은 마당도 아니고 담 밖으로 나가서 한숨만 푹푹 쉬었다.

언제나 이렇게 불만으로 시작하는 제사라도 뒤끝은 늘 아름답다. 식사 후 과일과 차를 나누면서 주고받는 이야기는 변함없이 두고온 고향 풍경이다.

"머리 뒤의 이 상처는 내 아 그때 정자나무에서 떨어져서리 생긴 게 에이겠소. 뒷집 마메(할머니)는 이제 돌아가셨겠지비? 상기 살아계시다면 에구 백너이겠구마 백너이(백넷). 쌍가매, 하, 그 못생긴 거이 쫓아다녀 속깨나 쎄컸다이. 광후이(광훈) 그 주정배이 아제는 상그도(아직도) 그리 수르(술을) 좋아하실까? 그 아제 자뜩 취해 다리에서 떨어졌던 이르(일을) 알고 있소?"

모임의 대미는 경성의 자랑 칠보산 아니면 주을온천이다.

"설악산이 좋기야 하지만 우리 칠보산에 대면 택도 없다이. 칠보산을 모르는 이남 아들이 정말 불쌍쿠마. 주을온천, 그 물 좋고 산 좋고, 계라느 넣으면 얼퍼덩 삶기는구마. 이남의 온천이라니, 온천이라는 이름이 아깝지비."

칠보산은 규모는 크지 않지만 기암괴석이 그림보다 빼어난 드물게 보는 산이란다. 산세 묘하기로 치자면 금강산은 저리 가라. 고향에 대한 노인들의 사랑이 지극하다. 이래서인지 우리 가족 중엔 금강산을 다녀온 이가 아직도 없다.


주을온천, 경성의 온천이 아니라 주을 것이지만 경성과 붙은 곳이라서 경성분들의 자랑이 주을 어른에 못지 않다. 자연수가 쩔쩔 끓는다는 한반도 최고의 온천. 물만 좋은 게 아니라 둘러선 산세가 절경 중의 절경으로 묘향산이 시샘할 정도. 막 단풍이 들기 시작하는 주을온천, 하얀 거품 일며 흐르는 냇물이 널찍하다.

댕기 딴 아들 녀석의 손을 잡고 물가를 걷는 옥색 치마 흰 적

삼 여인. 대자연 속에 하나로 녹아든 인간을 이런 정경으로 그린 일본 화가가 있었다. 조각이 화려한 액자 속의 그 유화를 선친께선 퍽이나 아끼셨다. 조선 미전의 수상자이기도 했던 그림쟁이 선친의 추억이 그윽한 주을온천이어서 더욱 그랬던 것 같다.

주을 온천에서 요양중인 아버지를 찾은 어머니와 이모

주을온천 회고는 언제나 선친의 차지. 해방이 되어 중국에서 돌아오신 얼마 뒤 유행병에 걸리시어 요양이 필요했을 때, 물 좋고 산 좋은 주을의 온천마을에서 조금 더 산으로 오른 곳에 나무로 울타리를 두른 작은 이층집에서 사슴을 키우며 지내셨다. 흐르는 개천에 닭을 담가두면 털이 술술 빠진다나? 물을 끓여서 공급하는 남쪽의 온천들은 부끄러워 해야 한다.

부모님 앨범, 추억의 그 앨범 속에는 주을 온천에서 찍은 사진 녘 장이 있다. 목가가 넘쳐나는 나무 울타리 앞에서 가운을 걸치신 환자 모습의 아버지. 병간호에 조금은 지친듯이 보이는, 여전히 아름답고 우아한 어머니. 물가와 물 속에 이리저리 널려 있는 큼직큼직한 바위로 보아 상류인 듯, 앞뒤로 정답게 앉아 사진을 찍으셨는데 모습이 다소곳하여 요즈음 사람이 아닌 줄 알겠다. 사진 한 끝에는 주을온천이라는 글씨와 김이 피어오르는 온천 표시가 뜨끈뜨끈하다. 멋진 뿔을 치켜든 사슴들을 둘러보시는 아버지의 옆에서 숙부께서 학생 모습으로 계신다.

마지막 사진 한 장. 계란이 삶아질 정도의 뜨거운 물 속에 식물이건 동물이건 생명체가 있을 것 같지는 않은데, 여럿이 물가에 둘러앉아 드시는 식사가 영락없이 천렵하는 모습이다. 처갓집 식구들이 병문안을 왔던 모양이다. 해방과 분단의 그 어수선함 속에서도 두 분은 참으로 멋을 부리며 사셨던 것 같다.

이제는 빛이 바래 누르스름한 주을 온천의 모습이 담긴 사진 넉 장이 지금까지 남아 나에게 '여유'를 가르친다. 세상이 어떻게 뒤집어질지라도 물가에서 놀이도 하고 사진도 찍어두셨다. 가본 일 없는 북쪽 땅 부모님의 고향. 그 옛 시간과 옛 땅을 그리는 난, 여기서 오늘을 살아가며 누르스름 빛바랜 옛 정서만 상상해볼 뿐이다. 이남에서 태어난 따라지 2세들이 대체로 나와 비슷하지 않을까? 문명의 바람이 휘몰아치는 이 땅에서 누르스름 빛바랜 옛 땅, 그날을 한꺼번에 살고 있는 게 아닌지….

"세상 뜨기 전에 한반도 제일가는 칠보산과 주을 온천엘 우리 기어이 한 번 가봅세."

내 부친도 백부도 고모도 당숙도 이제는 다 세상 뜨시고 아니

계시다. 살아 계신 큰숙부님은 80고개 넘으시더니 치매로 조카딸을 몰라보신다. 주을 온천엘 모시고 가면 혹 기억을 되살려내실까? 하지만 이 어른에게 원산 명사십리는 너무너무 멀다.

# 추억 속에
# 남겨진 사람들

그 어머니께서 그리도 우셨단다. 나로 해서 부처님께 무릎 꿇고 우셨다니…. 수도꼭지 없는 법당에서 그 울음소리를 어찌 죽

이셨을까. 보지 못하는 딸이지만 행여 들키실세라 마루 끝에서 눈물 거두신 후에야 내려오셨단다. 보지 못하는 딸이지만 환

한 미소만 보게 하시려고 그렇게 절 마루에서 울음을 삭히고 다니셨단다. 사람의 말을 옮길 줄 모르는 금빛 부처님에 의지해,

자애로운 미소로 어머니의 아픔을 어루만져 주시던 부처님 앞에 머리 조아려 삭혀낼 수 없는 당신의 울음을 우셨다. 손바닥

이 닳도록 무릎이 닳도록 절을 하며 부처님과 함께 우셨다. 아— 난 바보였나 보다. 울 줄도 모르는 바보 멍청이였다.

# ··· 란도셀에 꿈을
## 담아준 아버지

　손가방을 사러 갔다가 초등학교에 입학할 때 메고 다녔던 란도셀과 똑같이 생긴 가방을 발견했다. 그때처럼 가방을 등에 메는 것이 아니라 한쪽 어깨에 메도록 되어 있는 것이 좀 달랐지만, 내 어린 시절과 아버지를 추억하며 열심히 메고 다니기로 했다.

　1954년, 휴전 이듬해 4월 나는 초등학교에 입학했다. 내 아버지께선 2월쯤부터 가방 가게가 눈에 띄기만 하면 만사 제쳐놓고 들어가 보셨다고 한다. 살고 있던 창신동에서 화신백화점까지의 모든 가방 가게를 순방하신 끝에 마음에 드는 란도셀을 사 오셨다. 많은 아이들이 책을 보자기에 둘둘 말아 어깨와 허리에 비스듬히 잡아매고 다니던 시절이니, 내 가죽 란도셀은 분명 초호화 사치품에 해당됐을 것이다.

이 특별한 책가방은 예쁘다기보다는 멋졌다. 콜럼버스가 대서양을 횡단했을 때 탔던 커다란 흰 돛이 여럿 달린 범선이 푸른 바다에서 하얀 파도를 일으키며 나아가는 그림이 그려져 있었다. 올록볼록 입체감이 나는 가방이었다. 아버지께서 천신만고 끝에 발견하신 것이었지만 어머니는 강하게 항의하셨다. 그림이 말해 주듯

서울수복 후 시내를 걷고 있는 아버지와 나

틀림없는 사내아이 책가방이었다.

아버지께선 이 가방이 단지 고급스러워서 산 것만은 아니었다. 돛처럼 높은 이상을 갖고 망망대해를 헤쳐 세계로 뻗어 나가라는 아버지의 뜻에 딱 맞아서 흡족해하셨다. 여섯 살바기 나는 한반도의 반 토막이 아닌 전세계를 자신의 무대로 키우며 그 책가방을 날마다 메고 다녔다. 비싼 가방이기도 했거니와 거기에 담긴 아버지의 소망이 높고 커서 어린 마음에도 나는 늘 자랑스러워했다.

초등학교 3학년, 소지품이 늘어나서 더 큰 가방이 필요했다.

유난히 아이를 좋아하셨던 아버지. 조카를 안고…

또 이때쯤에는 메고 다니는 단순한 가방 대신 예쁜 디자인의 책가방이 나오기 시작했고, 대부분의 아이들이 그걸 좋아했다. 그러나 난 란도셀을 버리지 않았다. 책상 옆 벽에 걸어 두고 일기장을 담아두었다. 나에게 이 란도셀은 '소녀여, 야망을 가져라'고 늘 일러주고 있었다. 한참 후에, 책가방이 없는 아이에게 주려고 어머니의 지시대로 정성스럽게 기름 걸레질을 할 때도 신대륙을 발견한 콜럼버스의 환호를 들을 수 있었다. 지금은 내 마음속에서 벅찬 이상과 야망 대신 아버지에 대한 잔잔한 사랑으로 걸려 있다.

이처럼 나는 예쁘게 자라서 시집이나 가도록 키워지지는 않았다. '아들 딸, 구별 말고…'는 훨씬 뒤에 나온 인구정책이지만, 내 부모님께서는 일찌감치 시행하신 교육 정책이었다. 난 사내아이보다 더 높은 이상과 더 큰 야망을 가지도록 교육받았다. 내 책상 위쪽에는 큼직한 액자가 걸려 있었다. 앞발을 높이 치켜 세운 백마를 탄, 오른손을 높이 들어 알프스를 넘으라고 병사들을 독려

하는 나폴레옹의 초상화였다. 초등학교 4학년 음력 생일에 아버지께서 주신 선물이었다. 일하는 사람들을 빼면 가족이 셋뿐인 우리 집에서는 내 생일을 꼬박꼬박 챙겼다. 양력을 지켰지만 음력 생일도 그냥 넘어가지 않았다.

범선이 그려진 책가방과 나폴레옹의 초상화가 걸려 있는 방. 이것만으로도 계집아이의 방답지 않은데, 길이가 2미터쯤 되는 정교하게 만든 기선, 날개를 뒤로 뺀 1미터나 되는 전투기에 나무로 깎은 장총까지 있었다. 그렇다고 내가 사내아이 같았던 것은 아니다. 몽유병에 걸린 알프스 소녀 하이디가 가여워 펑펑 눈물을 쏟기도 하고, 유산을 찾게 된 소공녀의 일이 기뻐서 울기도 하는 감수성 강한 아이였다. 부모님께서 내게 사내아이용 물건을 많이 사 주신 까닭은 이상과 야망을 지니라는 뜻 외에도, 어떠한 역경이라도 극복해 낼 용기를 가르치시기 위함이었다.

이런 부모님의 교육은 성공과 실패를 함께 거두었다는 생각이 든다. 나는 극기라면 어지간히 자신이 있다. 실명의 위기에도 결코 좌절하지 않았다. 문제는 남자와 여자에 대한 개념이 없다는 점이다. 초등학교 2학년 때, 나보다 키도 작고 공부뿐만 아니라 팔씨름에서도 내게 지는 남자애가 반장이 된 적이 있다. 부반장인 나는 이러한 불공평에 저항하여 학교 가기를 거부했었다.

나는 초등학교 다니던 내내 여자 애들을 못살게 구는 녀석들을 혼내 주는 정의의 사도였다. 부모님의 꾸중 가운데 효력이 가장 뛰어났던 건, "별수없이 시집이나 보내야겠다"라는 말씀이었다. 그런데 쉰을 넘긴 지금까지 결혼을 해보지 못했다. 그래도 난 부모님의 교육이 늘 자랑스럽다. 내가 비록 성공작은 못 되지만 그건 그분들 탓이 아니다. 훌륭한 농군이 온갖 정성을 다 기울였어도 구제법이 없는 병해가 커지면 풍작을 거두지 못한다.

우리가 어렸을 때 메고 다니던 란도셀은 이제 그 어디에서도 찾아보기 어렵다. 제 등판보다 더 넓은 란도셀을 메고 촐랑거리며 걷는 아이들도 보기 힘들다. 그래도 나는 기억 속에서 커다란 범선이 그려진 란도셀을 메고 학교 가는 나를 언제나 볼 수 있다. 이상과 야망을 꿈꾸게 하고 고난을 헤쳐가는 용기를 가르치려 하셨던 내 아버지에 대한 감사와 사랑이 그 란도셀 가득히 담겨 있다.

퍼내도 퍼내도 비지 않는 흥부네 박처럼, 그 란도셀에는 아버지에 대한 내 사랑이 언제나 가득하다.

# 눈 속에 묻혀버린
## 우단 슬리퍼

　보도블록을 울리는 내 구두굽 소리가 심상치 않다. 다행히 길가에서 작은 구두수선 박스를 발견하고 그 안으로 기어 들어가 쭈그리고 앉았다. 구두약이 군데군데 묻은 손으로 장난감 같은 망치로 구두굽을 때리는 걸 보니 절로 웃음이 나왔다. 한쪽 구석에 놓여 있는 몇 개의 구두창이 눈에 띄었다.

　구두창, 빨간 우단 슬리퍼, 눈보라, 어머니… 아주 오랫동안 까맣게 잊고 있던 어머니의 기억에 가슴이 저려온다. 당신은 생명을 다해 나를 위해 희생하셨건만, 난 아무런 보답도 할 수 없기에, 언제나 이토록 목이 메이고 가슴이 아프다.

　1954년, 나는 만 6살이 채 못되어 창신국민학교에 입학했다. 서울에서 학생 수가 가장 많던 학교였다. 현관에다 칠판과 태극기를 걸어 놓고 교실로 썼고, 강당도 이리저리 칸을 막아 교실로 써야 했다. 또 꽃밭이고 수영장이고 손바닥만한 공간만 있으면 판잣집을 지어 교실로 꾸몄다.

전쟁 직후의 그 어렵던 시절, 바람이 숭숭 통하는 판잣집 교실에는 톱밥 섞인 석탄가루를 물에 이겨 때는 연료마저 넉넉지 않았으니, 학교는 공부하는 곳이 아니라 추위를 이기는 극기훈련소였다. 책을 보자기에 싸 들고 다니는 아이들이 대다수이던 시절, 실내화란 터무니없는 사치였겠지만 난 빨간 우단으로 만든 슬리퍼를 신고 다녔다.

어머니께선 중국에 오래 사셨던 터라 중국 사람들의 신발 만드는 법을 알고 계셨다. 두꺼운 종이로 내 발의 본을 뜨고 되직한 풀로 광목을 그 위에 입혔다. 그것이 바싹 마르면 또 헝겊을 열 번인가 스무 번인가 바르고 또 발랐는데, 나중엔 헝겊이 꽤 두툼해졌다. 마지막으로 빨간 우단을 겉에 씌우고 안쪽에는 융을 대었다. 슬리퍼의 아랫 부분과 윗 부분을 합쳐서 꿰메는 일은 정말로 힘들어 보였다. 쇠로 된 골무를 끼고 계셨지만 어머니 손끝에선 여러 번 피가 흘렀다. 어머니의 둥글고 통통한 손가락 끝에 동그랗게 맺혀 있던 핏방울이 지금도 눈에 선하다.

헝겊으로 초벌짓기를 마친 뒤 어머니께선 나를 데리고 동대문께로 가셨다. 그때 창신동 입구에는 종로 방향 아래 쪽엔 금은방,

위 쪽엔 창신사장이라는 사진관이 있었고, 나중에 대동병원이 선 자리에 제과점, 책방 그리고 몇 개의 가게들이 있었다. 동대문교회와 동구여상을 지나면 이대부속병원이 나왔다. 그 중간 어디쯤에 동대문에서 낙산까지 이어지는 산동네 판자촌으로 들어가는 한없이 긴 골목 어귀에 공중변소가 있었다. 흐린 날이면 아이들은 냄새 때문에 코를 싸 쥐고 뜀박질하곤 했다.

그 공중변소 언저리, 남의 담 밑에서 늙수그레한 아저씨가 구두 수선을 하고 계셨다. 작고 납작한 나무 상자엔 구두창, 깔창, 징 따위가 담겨 있었다. 아저씨는 발바닥 모양을 한 쇠틀에 구두를 엎어 씌워 신바닥에 징을 퉁퉁 박으셨다. 옆에는 낡아빠진 재봉틀도 있어 틀어진 구두를 꿰매기도 하셨다. 어머니께선 여기서 구두창 한 벌을 사서, 미리 종이로 오려간 슬리퍼 바닥 크기대로 잘라 달라고 부탁하셨다.

빨간 우단 슬리퍼 바닥에 구두창을 붙이는 일은 더욱 어려웠다. 송곳으로 구멍을 내어 한 땀씩 떠갔는데, 송곳이 잘 들고나지 않아 종일 걸렸다. 그렇게 엄마의 땀과 피가 서려 완성된 슬리퍼를 난 연방 신었다 벗었다 했다. 국어책 한 장 읽고 한 번 쳐다보고, 산수 문제 하나 풀고 한 번 만져보고… 저녁엔 아버지께 자랑을 했다. 모델들이 하는 것처럼 슬리퍼를 신고 이리저리 왔가갔다 했다. 만들기도 어려운데 큼직하게 만들어 몇 년 신기지 그랬느냐는 아버지 말씀에, 어머니께선 2학년 땐 초록색, 3학년 땐 남색으로 또 만들어 줄 생각이라고 답하셨다. 그 겨울, 대부분의 아이들이 뚫어진 맨 양말로 다니는 교실에서 나는 빨간 우단 슬리퍼를 신고 공주처럼 굴었다.

그 당시의 겨울은 몹시 추웠다. 연료가 넉넉지 않아 더욱 추웠는지도 모르겠다. 겨울 방학이 끝난 뒤에도 한두 번 혹독한 추위가 있었다. 오전반이 파한 뒤 전농동 쯤에 사는 반 동무네 집으로 놀러갔다. 학교에서 바로 책가방을 멘 채 남의 집에 가는 일은 결코 용납되지 않았지만, 사친회에서 미리 말이 오가서 이 날만은 특별히 허락이 떨어졌다. 무슨 잔칫날이었던 것 같다.

그 집은 학교에서 꽤 멀었다. 동신국민학교가 생기기 전, 신설동·보문동은 물론 전농동에 사는 아이들도 창신국민학교엘 다녔다. 그 집까지 가는 길엔 허허벌판도 많았고 가시 철망도 여러 곳 있었다. 전쟁의 잔해가 많이 남아 있던 때여서, 학교에서는 가시 철망에 전기가 흐르고 있으니 절대로 건드리지 말라고 누누이 가르쳤다. 말 잘 듣는 아이였던 난 가시 철망을 피해 빙빙 돌아서 그 집까지 갔다. 어찌나 멀던지, 가는 동안 꽤 여러 번 걸리버의 여행을 떠올렸다.

우리는 점심을 먹고 숙제를 마치고는 벌판 가운데 있는 그 집 안팎을 뛰어다니며 놀았다. 그런데 갑자기 눈이 내리기 시작했다. 서둘러서 그 집을 나왔지만 눈은 점점 더 세차게 내렸다. 갈

기품있는 어머니 마냐

마적떼의 습격 충격으로 돌아가신 외할머니의 젊은 날

절세가인 이모 따냐

때는 너댓이 재잘거리며 갔는데, 다들 신설동, 보문동 쪽에 사는 아이들이어서 나는 곧 혼자가 되었다. 가시 철망을 피해 이리저리 빙빙 돌았던 탓인지 눈이 하얗게 쌓인 허허벌판에서 방향을 알 수가 없었다. 세찬 바람과 함께 몰아치는 눈보라에 눈을 제대로 뜰 수조차 없었다. 지나는 사람은 없고 철망을 피해 돌다 보면 도로 내 발자국이 나왔다. 정말 소리치며 울고 싶었다.

순식간에 발이 푹푹 빠지도록 눈이 쌓였다. 절박한 위기 속에서 정신을 차려야만 했다. 한 손엔 신주머니, 다른 한 손엔 그 집에서 싸준 떡뭉치가 있었다. 짐을 줄여야겠다는 생각에 빨간 슬리퍼를 꺼내 책가방에 넣고 떡은 신주머니에 넣어 목에 걸었다. 슬리퍼를 넣으니 란도셀 책가방이 잠기질 않았지만 슬리퍼가 떨어지지 않도록 꼭꼭 누른 뒤에 등에 메었다. 왔던 길을 다시 돌기도 하고 몇 번인가 미끄러져 넘어지며 눈이 무릎께까지 찬 벌판을 헤맨 끝에 저녁나절이 다 되어서야 집에 닿았다. 어머니께선 나를 찾아 수 없이 학교엘 다녀오셨고, 마침 또 학교에서 전농동 쪽으로 통하는 길목으로 나를 찾아 나가셔서 집에 계시지 않았다. 어머니께서 집에 계셨다면 나는 털썩 주저앉아 울고 말았을 것이다.

저녁에 책가방을 챙기면서도 난 슬리퍼가 없어진 줄은 상상도 못했다. 어머니께선 신주머니에 담긴 떡을 발견하고서야 내 빨간 슬리퍼가 없어졌음을 알았다. 나는 참고 참았던 울음을 터뜨렸다. 어머니께선 나를 꼭 안아 주셨다.

"더 예쁜 걸로 만들어 주마. 무슨 색이 좋을까?"

목욕탕의 뜨거운 물 속에서 엄마가 꼭 안아 주셨을 때의 그 한없는 보드라움과 안도감을 기억한다.

지금도 어려운 일이 있을 때면 꿈속에서 그 허허한 눈 덮인 벌판을 헤매곤 한다. 군데군데 가시 철망이 있는 눈밭, 그 어딘가에

묻혀 버린 내 빨간 우단 슬리퍼. 어머니 돌아가시기 전에 자식 기른 보람을 아무것도 거두어 들이게 하지 못하여 죄스러운 내 마음의 표상이다.

구두창, 빨간 우단 슬리퍼, 어머니 손끝에 맺힌 빨간 핏방울, 눈보라 몰아치는 벌판과 그 속에 묻혀 버린 내 빨간 슬리퍼.

아, 어머니···.

# ··· 아버지, 당신의
##   넓은 등에 기대어

　일요일도 공휴일도 아닌데 옆집의 1학년짜리 꼬마가 하루 종일 골목길에서 떠들어댄다. 모처럼 집에서 늘어지게 쉬어보려던 나를 맥빠지게 만들었다. 아이를 좀 보내 볼까 하고 문 밖으로 나갔다가 아이의 엄마와 마주쳤다. 아침에 열이 높길래 결석을 시켰단다. 약을 지어다 먹였더니 저렇게 살아나서 펄펄 뛰어다녀 한시름 놓았다는 말투다. 엄마의 따스한 마음이다. 전교 1등보다 6년 개근을 더 자랑으로 여기셨던 내 부모님을 생각케 했다.

　아기 때 나는 일주일에 한 번은 의사 선생님을 뵈어야만 그 다음 일주일을 기약할 수 있었다고 한다. 늘 골골하고 비실비실 쓰러지긴 했어도, 추울까 더울까 탈이 날까 노심초사하신 어머니 덕에 지금까지 잘 살아 남았다.

기관지가 약했던 아버지를 닮아 모든 감기를 그냥 보낼 줄 몰랐지만, 감기라면 예방과 치료에 도가 트인 어머니의 따스한 보살핌으로 대개는 가볍게 넘길 수 있었다. 늙은 호박과 엿, 배와 통후추, 청노배(끝둥이 새파란 무)즙과 꿀, 살구씨, 귤껍질 등 이런 한국식 뿐만 아니라 뜨거운 젤리나 홍차 같은 러시아식까지, 가을이 왔는가 하면 다음 여름이 왔다 할 때까지 감기 다스리기로 어머니는 세월을 보내셨다.

이제까지 감기로 지독하게 앓아 보긴 네 번으로, 두 번은 요 근년의 일이다. 첫번째는 초등학교 3학년 때였다. 사흘을 내리 열이 40도를 웃돌았지만 결석은 하지 않았다. 부모님은 내게 학교를 다니면서 병을 이겨내는 법, 주어진 일에 충실해야 하는 법을 가르치셨다. 아침이면 아버지 등에 업혀 등교했고, 낮에는 어머니께서 약과 더운 환자용 점심을 챙겨오셔서 양호실에서 먹으면서 잠깐 쉬

군용차 앞에서 아버지의 부대원과 함께

고, 학교가 파할 때쯤 아버지께서 다시 오면 업혀서 집으로 갔다.

나는 지금, 그때 부모님이 얼마나 힘들었는지는 기억하지 못한다. 다만 아버지의 그 넓다란 등의 따스함만을 기억하고 있다.

어머니에 대한 추억은 너무도 많아 무엇부터 생각해야 좋을지 모르겠지만, 아버지 하면 그 넓고 따스했던 등부터 생각난다. 지금도 어쩌다가 등판이 널찍한 사람을 보게 되면 어린 나를 업고 노래를 부르며 등하교시키던 아버지를 그리게 된다.

오히려 아기 때 난 남의 등에 업혀서 자라진 않았다고 한다. 어머니께서 젖먹이를 업고 일을 하셔야 하는 상황이 아니었고, 애답지 않게 통 우는 법이 없어 업고서 얼러야 할 필요도 없었다고 한다. 교포 2세인 어머니께서 아이를 업어 키우는 법을 모르기도 하셨거니와, 다리 미워진다고 오랫동안 업는 것은 반대하셨다. 그래서인가, 나는 내 발로 뜀박질할 수 있는 무렵부터는 남에게 업히기를 무척이나 좋아했다. 놀이를 할 때에도 지는 사람이 업어 주기를 고집하였고 집에 찾아온 젊은이가 있으면 업어 달라고 할 핑계를 만드느라 골머리를 짰다. 키 큰 사람이 업어 줄 때, 세상이 저만치 내려다보이는 것이 여간 신나질 않았다.

초등학교 입학하기 전에는 몇 번인가 아버지께서 업어 주신 적이 있었다. 친척 집을 방문했다가 늦어지면 잠결에 아버지께 업혀서 돌아왔다. 먼 길을 걸어서 힘이 들어도 내 입으로 업어 달라고는 하지 못했고, 아버지께서 판단하시어 업어 주셨다. 그때는 그저 업혔다는 것이 좋았을 뿐 아버지의 등에 대한 기억은 없다. 초등학교 3학년이 되어서야 아버지 등의 넓이와 따스함을 느낄 수 있었다. 열이 펄펄 끓어 정신이 가물가물한 와중에도, 걸음을 옮길 때마다 출렁출렁 흔들거리는 아버지의 등을 통해서 말보다 깊은 사랑을 느낄 수가 있었다.

털모자를 쓰고 목도리를 두르고 그 위에 다시 카투사가 썼던 것 같은 등이 다 덮이는 커다란 머플러를 두르고는 아버지 등에 얼굴을 묻었다. 바람을 막아 주어 따뜻하기도 했거니와, 아버지께서 노래를 흥얼거리거나 나에게 말씀을 하실 때면 그 성대의 울림이 온몸으로 전해져 왔다.

학교라는 데는 아프다거나 집에 일이 있다거나 해서 함부로 빠져서 되는 곳이 아니라고 말씀하셨다. 학교 공부란 하고 싶으면 하고 말고 싶으면 마는 놀이 같은 것이 아니라고도 하셨다. 열이 많이 나도 선생님 말씀을 정신차려서 듣다 보면 아픈 걸 모르게 된다고도 하셨다. 기관지가 약하셨던 아버지께서는 겨울이면 '으흠, 으흠' 잔기침을 자주 하셨는데, 아버지의 등에서 울려 오던 그 소리가 지금도 생생하다.

아버지께서는 키가 훤칠하셨다. 지금이야 신장 174센티미터라고 해도 중간 크기지만, 살아 계시다면 86세이시니 그 무렵 어른들 중에서는 무척 크신 편이었다. 고개를 세울 기력도 없어서 내내 아버지 등에 얼굴을 묻고 있었지만, 그래서 세상을 저만치 내려다보지는 못했지만 높이 업혀 있다는 것이 흐뭇했다. 내가 걸어 들어갈 때는 그리도 아득해 보이는 운동장을 아버지께선 성

시와 여행과 음악을 사랑하셨던 아버지

큼성큼 몇 걸음 만에 건너가시니까 새삼 아버지가 위대해 보이기도 했다. 방정환 선생님의 동화집 〈굴렁쇠〉 속에 '천당 가는 길'이라는 동화가 있다. 아버지께서 층계를 오르실 때면 나는 그 천당 가는 계단을 오르는 것만 같았다.

고3 겨울, 아버지께서는 저녁때마다 버스 정류장에서 나를 기다리셨다. 그때만 해도 수유리에는 벌판이 많아서 바람이 제법 매서웠다. 나는 책가방을 아버지께 맡기고는 아버지의 널찍한 등 뒤에 숨어서 바람을 피했다. 늙으신 아버지 뒤를 졸졸 따라 걸으며 '자식 하나 기르기가 이리도 힘들어서야…' 아직 어린 마음에도 그렇게 생각했었다. 파카를 입고는 '으흠, 으흠' 잔기침하시던 바람막이 아버지의 등을 생각하면 지금도 눈물이 날 것만 같다.

아버지의 그 넓고 따스한 등. 그래서인가, 나는 남성을 잘난 얼굴에서가 아니고 널찍한 등에서 느낀다.

# 무어라도
# 할 수 있게 하소서

고칠 수 없는 병이라는 걸 의사도 나도 알고 있었다. 그래도 날마다 병원엘 다녔고 의사는 또 그렇게 날마다 눈 속을 들여다 보면서 눈물 같은 안약을 찔끔찔끔 눈 속에 짜 넣었다. 선친의 친구이신 의사 아저씨도 나도 그냥 우리 모두를 위해서 그 소용없어 보이는 작업을 2년이 넘도록 계속하고 있었다. 혼자 다니기엔 진땀나게 흐릿하지만 실명을 벗어났기에 우리에겐 막연한 기대도 용기도 있었던 것 같다. 태엽 감긴 시계처럼 자고 일어나 밥 먹고 학교에 다니듯 병원엘 드나들었다.

그날도 전날처럼 버스에서 내려 집으로 돌아오고 있었다. 잘 차려입고 나들이 가던 모습의 가게집 아줌마가 쫓아오며 "이봐 아가씨, 어여 집으로 가봐. 엄마가 좀 다치신 것 같던데…" 하는 것이 아닌가. 아— 이거였구나, 이 며칠 옥죄어오던 알 수 없던 불안이. 난 흐릿한 눈으로 집을 향해 정신없이 뛰어갔다.

단칸 셋방, 식구 셋이 누우면 돌아눕기도 조심스러운 그런 방에 어머니께서 누워 계셨다. 파스 냄새가 진동했다. 제대로 보이지 않아도, 설명을 듣지 않아도 파스 몇 장으로 대충 넘어갈 일이 아님을 느낄 수 있었다. 전신이 결려서 말씀은 물론 호흡조차 힘들어하셨다.

돈이 없어 병원으로 가시자고도, 택시를 불러오겠다고 나서지도 못하는 내가 너무 기막혀서 박아놓은 말뚝처럼 버티고 서있기만 했다. "야—, 날래 앉아라… 괜이찮다." 모녀는 누운 채로 선 채로 그렇게 울음을 삼키고 있었다. 격랑이 되어 온몸에 휘몰아치는 울음을 우린 늘 그런 식으로 울었다.

가세가 기울기는 오래 전부터였다. 이층집에서 남의  전세집으로, 독채 전세가 안채 전세로, 다시 줄고줄어 단칸 셋방에 살게 되었다. 그 딱하기 짝이 없는 '줄임'의 고비고비에 바로 고칠 길 없는 나의 병이 있었다. 끼니를 거르지는 않았지만 조마조마할 때가 더러 있었다. 그 당시  어머니께선 아마 점심을 거르셨을지도 모른다. 내 선친께선 가족을 위해 막노동을 하실 만한 체력도 아니셨거니와 손수레 행상으로 나서시기에는 지키실 체면이 많은 어른이셨다. 그래서 해방 전 중국 하얼빈에서 대학생을 가르치시셨던 어머니가 남의 손에 맡겼다간 상태가 어떻게 될지 모를 딸 때문에 급기야 보따리 행상을 시작하셨다.

한일관계 정상화 이후 '보세가공'이라는 게 성행했다. 일본에서 원자재와 기술을 들여와 가공하여 전량 가져가는 거래방식이었다. 한국에선 공임만 버는 것이지만 소위 '보충분'이라는 것도 한국 땅에 떨어졌다. 스웨터 100벌을 짜려면 만일에 대비하여 110벌 분의 실이 필요한데, 일에 차질이 생기지 않으면 남은 10벌이 유통되는 것이었다. 어머니께서 바로 그 10벌을 싸들고 요샛말로 방문판매를 하셨다. 1960년대 말, 대한민국이 '기아선상'에서 겨우 벗어나려던 그 무렵의 일이다.

옥수동 비탈의 계딱지 판자촌은 당시 서울의 대표적인 달동네였다. 함경도 사람 몇몇이 거기에 모여 살았는데 동병상련이랄지 유유상종이랄지, 함경도 사람들은 비교적 쉽게 평안도 사람들과 친해지기 마련이어서 어머니의 고객이 십여 집 되었다. 대부분 일제 때 여고를 나온 식자층 아줌마들이었지만 월남한 후 달동네로 흘러들 정도로 형편이 좋질 못했다. 그때나 지금이나 달동네의 경제 사정은 열악하기 짝이 없어, 스웨터 한두 벌을 이자도 없는 할부로 팔고는 그걸 받으러 쫓아다녔다. 오히려 차비가 더 들 지경이었다. 그날도 특히 셈이 질긴 사람을 찾아가셨다가 비탈에서 스웨터 보따리 두 개와 함께 굴러떨어지신 것이었다.

하얼빈 최고 멋장이 마냐 김의 모습은 어느에도 남아 있지 않았다. 백발의 허리 굽은 체격 큰 노인으로 변해 있었다. 눈밝은 사람 눈에나 겨우 보일까, 고생의 그늘 속에 기품이 거의 사라진 초라한 모습이었다. 퍼머 웨이브가 거의 풀려버린 백발, 조심해서 웃으셔도 이를 뽑고 손을 못댄 자리에 검은 옹이가 치아 대신 박혀 있는 것이 보였다. 또 관절 치료를 받지 못해 허리가 많이 굽으셨다. 163센티 키에 체중은 65킬로여서, 건강치 못한 무릎 관절이 떠받치기엔 무리였다. 그리고 양손엔 커다란 옷 보퉁이까지

들고 다니셨으니….

당신 빈 몸을 일으키려 해도 방바닥을 짚으면서 "에구구─" 하시는 이 어른께서 버스 문이 좁아 보일 정도의 큰 보퉁이를 둘씩이나 들고 버스를 어찌 오르셨는지…. 무궁화표 밀가루 푸댓자루에 담은 결코 작지 않은 스웨터 보퉁이를 앞세우거니 뒤세우거니 대문을 나서실 때, 문고리 잡고 멀뚱멀뚱 서서 "다녀오세요"라는 인사밖에 할 수 없는 나.

한달에 두어 번 할머니들을 만나는 시간이 즐겁다

눈병이 없어도 눈은 눈썹을 보지 못한다. 그때 내가 나를 볼 수 있었다면 그 곤핍한 세월을 어찌 살아 남았으랴. 내가 지금도 버스 타는 할머니를 뵐 때마다 틀림없

이 부축해 드리는 이유이다. 고맙다는 할머니 인사에 난 목이 메어 그저 웃기만 한다.

지하철 3호선, 내내 땅 밑으로 잘 가다가 하필 옥수동에서는 땅 위로 올라온다. 이제는 아파트가 들어서 옛 흔적을 찾기 힘들지만 그 비탈을 바라보며 오늘도 난 가슴이 미어진다.

다리가 부실하면 비탈을 내려오기가 무척 어렵다. 거기에 당신 몸무게만한 보통이를 둘씩이나 들고, 돈도 못받고 점심도 거르셨을지 모를 상황에서, 흙비탈에서 생명 같은 보통이를 차마 놓지 못하시어 끝까지 함께 굴러 떨어지신 것이다. 다행히 지나던 이의 도움으로 택시를 타고 집으로 오셨다. 도저히 병원에는 못가시고.

혼자서는 다리 하나를 옮기지 못하시면서 한 달 남짓 파스 몇 통으로 이겨내셨다. 나는 153센티에 42킬로, 어머니를 거들어 드리기엔 좀 작았다. 팔 옮기고 다리 옮기고, 그리고 나서 몸을 조금씩 살살 밀어 돌아눕게 해드리는 데 걸리는 시간은 족히 30분이 걸렸다. 늦가을인데도 내 머리에선 김이 무럭무럭 피어올랐다. 키 174에 몸무게 74이신 아버지와 손발을 맞추기에도 내가 너무 기울었다.

그나마 불행중 다행으로 골절상이 없어 나중에 털고 일어나시긴 했지만, 가슴에 고인 눈물이 무거워 허리가 조금 더 굽고 말았다. 손바닥만한 방에 환자가 둘이나 있는 셈이었다. 스무 살 젊은 것은 치료법이 없어 방에 앉아 있고, 환갑을 바라보는 백발 노인은 돈이 없어 방에 누워 계셨다. 눈이 마주친들 보일 리 없지만 모녀는 줄곧 눈길을 피했다. 행여라도 눈물을 비쳤다가는 용솟음칠 통곡을 감당하기 어려웠다. 세상 뜨실 때까지 검안표 거리가 왜 저리 짧으냐시던 600만불의 눈을 가지신 내 선친께선 그 한 달 눈을 어디에 두고 지내셨을까….

종일 어머니 곁에 멍청하게 앉아 있었다. 그 상황에서 내가 할 수 있는 게 아무것도 없다는 사실이 늘 명치 끝을 후볐다. 지하철에서 노래하며 돈 걷는 맹인이 없던 시절, 요즘 같았으면 나도 그 일에 나섰을까? 밤이면 피리를 불면서 골목을 누비는 맹인이 있다는 걸 모르지는 않았지만 내 사유의 공간 속엔 들어있지 않았던 것 같다. 배운 게 뭐라고 글을 배워 먹고 사는 법 이외의 세상살이가 있다는 걸 몰랐다. 아니, 모르진 않았겠지만 뉴스 속이나 영화 속 일쯤으로 여겨졌던 것 같다.

그러면서 종일토록 이렇게 기도했다.

"나를 무어라도 할 수 있게 하소서!"

전설 속의 효자처럼 다리 살을 베어 어머니께 봉양할 수도 없고, 껌 한 통을 들고 다방을 기웃거리더라도 의자에 걸려 넘어지지 않을 만큼은 보여야 할 수 있었다. 그때 내가 할 수 있는 유일

한 '무엇'은 눈물을 내비치지 않는 것이었다. 슬픔, 아픔, 안타까
움 따위를 아주 없애진 못했어도 깨끗하게 세척은 했던 듯하다.
그후 나는 울음조차 울어지지 않는 답답함, 그 '꽉 막힘'의 고통
을 아주 오랫동안 체험했다. 울 수 있는 자에게 내려지는 축복을
한없이 부러워하면서.

　'무어라도 할 수 있게' 속에 구걸이 들어있었는지는 기억에
없다. 진땀 빼지 않고 길을 나다닐 수만 있다면 정말로 무어라도
해볼 생각이었던 것 같다. 마음 깊은 곳에선 무어라도 할 수 있도
록 눈이 회복되기를 빌었다는 게 아마도 정답이겠지만….

　시원치 않은 대로 무어라도 할 수 있게 된 행운을 늘 감격하고
있지만 지금도 나의 간절한 기도는 이것이다.

　"무어라도 할 수 있게 하소서!"

# ··· 울지 않는
# 어머니의 눈물

불교방송을 듣다가였는지 교계 신문을 뒤적이다였는지, 오래
전에 그러니까 30년도 더 전에 알던 스님의 동정을 알게 되었다.
병고의 어두운 긴 세월을 그런대로 어둡지 않게 지낼 수 있었던
데에는 몇 가지 고마운 인연이 있다. 집 근처에 있던 화계사가 그
중 한 가지이다.

수유리 옛집에서 마실 가듯 다닐 수 있는 거리에 위치한 화계
사는 시력을 점차 잃어가던 여학생이 홀로 찾아 마음 다스리기에
가장 적합한 장소였다. 공부와 군포교 등으로 바삐 사시다가 다
시 화계사로 오신 그 스님께 전화를 드렸다.

'나를 기억하실까? 성이 어지간해야 잊어버리지'라고 생각
하며 입을 열었다.

"기억을 하실지… 30년 전에 그 밑에 살던…"

"아―그 애기보살~. 그래 맞아, 경기여고 다녔었지."

내 이름을 밝히지 않아도 금방 떠올리셨다. 30년 전 그때는 서울이라 해도 세상이 한산해서 날마다 보던 단발머리 여학생이 그분 기억에서 퇴출 당하지 않았던 것이다.

스님과 애기보살의 30년 만의 전화는, "잘 지냈냐, 병은 다 나았느냐, 정치학 박사가 되었다던데 언제 한 번 만나야지" 등의 스님 말씀으로 이어졌다. 내가 공부를 하기 위해 대만에 갔었고 또 한국으로 돌아와 연구소에서 근무하고 있는 근황도 어떻게 듣고 계셨나 보다.

그 후 반 달이 지났을까? 수련회 준비로 봉은사 청년회 사무국장과 함께 조계사 근처로 나갈 일이 생겼는데, 총무원 뜰에서 그 스님을 뵙게 되었다. 스님과 난 30년의 시공을 넘나들며 걸림없이 담소했다. 뜻밖의 반가운 재회였다. 그리고 내가 몰랐던 놀라운 말씀을 하셨다.

"어머니께서 법당에서 참 많이 우셨지. 마루 끝에 앉아 한참을 스스로 진정시키고 내려가셨는데… 나도 출가한 지 얼마 안 된 때라 꼭 우리 어머니 같아서… 꼭 일찍 출가한 나를 두고두고 그리워했던 우리 어머니처럼 기억한다니까…."

어머니께서 우셨단다. 내 앞에서 단 한 번도 눈물을 내비치신 일 없는 어머니께서 법당에서 혼자 우셨단다. 그것도 아주 많이. 스님 앞에서 흐느낌이 새어나올까 숨쉬기가 두려웠다. 눈물이 흘러내리려 해서 고개 젖혀 하늘을 보았다. 한여름 쨍한 햇살이 살인광선인 듯 온몸에 와 박혔다. 그냥 그 광선에 내가 녹아 없어지는 눈사람이었으면 싶었다.

내 어머니 마냐 김, 두만강가 경흥이 본향인 교포 2세. 함경도 사람이라는 말이 풍기는 이미지보다 훨씬 더 강한 의지를 지니셨다. 외조부는 마적의 습격을 받을 만큼의 재력가였고, 어머니는 아홉 살에 마적의 총에 당신 어머님을 잃으셨다. 하얼빈 따오리 시내 중심가에서 나라 없는 백성이 콧대높은 영국인, 독일인과 겨루면서 사셨다. 슬픔도 분노도 쉽게는 드러내시는 일 없는 어른이셨다. 항상 태산 같고 바다 같던 어머니, 그분의 생활을 난 끝없는 수행이었노라 말하고 싶다.

이런 내 어머니도 터져나오는 오열을 죽이느라 흐느끼실 때가 있었다. 어머니 9살 때 여동생 따냐는 7살, 자매의 사랑은 각별했던 것 같다. 70년 전 사진 속 젊은 따냐는 보는 이마다 감탄해 마지않는 절세가인이었다. 그러나 안타깝게도 9살, 7살 두 아들을 두고 세상을 뜨셨다. 내 이종오빠는 어찌 그리 사진 속 자기 엄마를 닮았는지…. 이 오빠가 중학생이 되어 인사 왔을 때 그 어깨를 부여안고 어머닌 한없이 우셨다. 골목 밖 보이지 않을 때까지 손 흔들어 배웅하고 걸어닫은 대문에 기대어 또 그렇게 우셨다.

천품이 좋아보였던 아버지를 형부로 점찍었던 당찬 여동생 따냐, 본인이 사업가이기도 했던 통큰 여성 따냐, 피겨 스케이팅 심판이었던 그녀는 참으로 멋진 여성이었다. 어머니의 가슴에 결코 지울 수 없는 그리움을 남겨 놓고 떠난 따냐 이모. 이러한 동생을 쏙 빼닮은 조카가 장가 가던 날, 어머닌 예식장 화장실에서 수도꼭지를 틀어놓고 소리 죽여 우셨다. 내 기억 속 우시는 어머니는 오로지 이 두 번뿐이다.

손수 옷을 만들어주셨던 어머니와 함께 등교 길에서

그 어머니께서 그리도 우셨단다. 나로 해서 부처님께 무릎 꿇고 우셨다니···. 수도꼭지 없는 법당에서 그 울음소리를 어찌 죽이셨을까. 보지 못하는 딸이지만 행여 들키실세라 마루 끝에서 눈물 거두신 후에야 내려오셨단다. 보지 못하는 딸이지만 환한 미소만 보게 하시려고 그렇게 절 마루에서 울음 삭히고 다니셨단다. 말을 옮길 줄 모르는 금빛 부처님에 의지해, 자애로운 미소로 어머니의 아픔을 어루만져 주시던 부처님 앞에 머리 조아려 삭혀낼 수 없는 당신의 울음을 우셨다. 손바닥이 닳도록 무릎이 닳도록 절을 하며 부처님과 함께 우셨다. 아— 난 바보였나 보다. 울 줄도 모르는 멍청이였다.

처음 병이 났을 때 치료가 쉽지 않다는 걸 안 모녀의 각오는 단단했다. 웃으면서 투병 의지를 과시할 수 있었다. 실명은 6개월, 그후 회복되기 시작하여 한때 나는 승리의 미소를 지었다. 바다를 빠져나오는 태양보다 화려한 미소를 짓기도 했다. 그러나 선배에서 동급생으로 내려간 그 1년, 난 '추락'을 뼈마디 저리도록 실감했다. 그럴수록 집에 와선 학교생활을 유쾌하게 전했다. 그 유쾌 속에 숨긴 울음을 알아챈 어머니께선 부처님께 눈물을 바치셨던 거다. 난 엄마를 닮아 강한 자신을 자랑스러워 했다. 내 바보 같은 긍지 속엔 녹아버린 어머니의 뼈마디가 깔려 있었다.

대학시험 둘째날이었다. 갑자기 시험을 치를 수가 없었다. 독일어 시험지가 빈 백지로 보이다니…. 집에 와서 이불을 뒤집어 쓰고 입술을 자근자근 씹으며 울음을 삼켰다. 어머니께서 이불 위로 등을 두어 번 토닥이고 나가셨다.

그 길로 올라가신 화계사. 내가 삼킨 울음을 어머니께선 부처님 앞에다 토해내셨던 거다. 시원치 않은 내 눈과 마음이 그걸 미처 못보았을 뿐.

난 방송통신대학을 수석으로 졸업했다. 남들이 책을 읽어주고 가방을 들어주고 버스를 태워주고 화장실엘 데리고 다니고…. 그렇게 남의 덕에 공부했다. 책상도 없어 재봉틀 대 위에서 공부했지만 녹음기만은 방송기자들이 쓰던 최고의 것이었다. 그 졸업식

내내 목에 메달을 걸고 다니며 어머니도 나도 여배우 흉내낸 미소를 짓고 있었다. 입술 모양이 바뀌었다간 곧장 울음이 터질지 몰라서….

수석이라 해도 그게 마냥 기뻐할 수 있는 졸업이겠는가. 거기가 서울대 마당이어서 더욱 애간장이 저몄다. 어머니와 난 저리고 에린 데가 많아 웃어야만 했다. 웃어 보여야만 했다. 어머닌 딸의 에린 마음을 손발이 저리도록 절하시며 아파하셨고, 멍청한 딸은 장한 어머니가 으쓱해 하시는 줄만 알았다.

한여름 쨍한 햇살에 눈처럼 녹아버린 내가 설움을 참기 어려워 자꾸만 눈물이 흘러내리려 한다. 고개를 살레살레 흔들어 눈물을 말려본다. 흘리지 않는다고 눈물이 없겠는가. 딸에게 차마 눈물을 보일 수 없었던 어머니의 딸은 어찌 그리 멍청했을까!

"스님, 오랜만에 화계사 부처님도 뵐 겸 찾아뵐 게요."

화계사 부처님께 내 어머니 눈물의 비밀을 여쭈리라. 어머니의 눈물을 이제는 돌려달라 하리라.

# ··· 꼴랴, 삐쨔, 모랴,
## 볼랴를 추억하다

남북 이산가족의 상봉의 열기도 예전만 같지 않다. 찾고 싶은, 찾아야 할 가족이 북쪽에 적잖은 나에게도 그렇게 보인다.

오래 전 한창 이산가족찾기의 열기가 높았을 때, 방북 희망자의 신청을 받은 때가 있다. 부모님께서 모두 세상 뜨신 뒤라 혼자 신청했다. 원적인 친가는 함경북도 경성군 경성면 수성동 64번지. 남쪽에서 태어난 사람이 북쪽의 옛 주소를 너무 정확하게 대자 접수받는 이가 놀랐다. 고향을 탈출할 수밖에 없었던 사람들의 고향 그리기, 그걸 아는 대한민국 국민이 몇이나 될까.

십수 년 전 내가 중국 관련 연구로 중국을 드나들 때, 조선족 친척한테 북한의 외가 소식을 들은 적이 있다. 조선족인 어머니의 6촌 동생을 바로 찾았다. 하얼빈 조선족 학교 교장 선생님을 만난 기회에 혹시나 하고 물었더니, "아~ 그 김선생을 잘 압니다"
하고 말했다. 그 바닥이 그리 좁을 줄이야. 단서는 딱 두 가지뿐,
흔해빠진 이름 김금옥과 해방 전에 일본 여학교를 다녔다는 것.
중학교에서 일어 교사를 지내다 정년 퇴직하셨다는 김 선생님 댁
전화 번호와 주소를 편지로 받았다.

　　만날 기회를 기다리던 중 두만강 개발을 주제로 한 국제 세미
나가 장춘에서 열린 적이 있다. 당연히 북한측 학자와 관료들이
참석했고, 난 그들에게 도움을 요청했다. 세미나를 끝내고 사회
과학원과 외사과의 도움으로 이산가족을 상봉하러 떠났다. 그들
이 내어준 차를 타고 장춘에서 하얼빈으로 달렸다. 참 넓기만 한
땅. 120킬로로 6시간 넘게 달리는데 일직선으로 뻗은 길은 외줄
기 북도 수천 리. 하늘과 도로가 악어처럼 입을 쩍 벌리면 차 속의
내가 그 속으로 물처럼 빨려들었다. 속도를 내면 도로변 가로수
가 양쪽으로 짝 벌어지며 길을 터준다. 달리는 6시간 동안 마주오
는 차를 10대나 보았을까? 90년 초의 중국은 그러했다.


　　나는 하얼빈에 대한 기억이 많다. 부모님께서 늘 그리워하셨
고, 집에 그때의 사진도 많아서 부모님의 기억이 나의 것으로 옮
겨와 있다. 안내를 맡은 흑룡강성 대학의 조선족 교수가 해방 전
하얼빈 사정을 자기보다 내가 더 많이 알고 있어서 놀라워했다.
안중근 의사의 하얼빈 역, 부모님이 늘 말씀하시던 하얼빈 역부

터 둘러보았다. 우리네 시골 간이역만큼이나 한산했다. 종일 시
내를 쏘다니고 퇴근시간 가까이에 친척을 찾아준 교장 선생님을
방문했다. 곧이어 이산가족의 상봉과 포옹이 벌어졌지만 오히려
눈물이 없어서 산뜻했다.

아루스 호텔 앞에 다소곳이 선 어머니

이튿날, 친척의 안내로 부모님
연고지를 샅샅이 찾아다녔다. 부
모님이 사시던 곳, 결혼하신 곳,
아버지께서 지배인이셨다는 아루
쓰 호텔과 그 부속 극장. 호텔은
진작에 없어졌지만 극장은 아직도
남아 있었다. 감개무량하다는 게
이런 건가 보다. 김금옥 선생 댁에
서 저녁을 먹은 뒤 해방 전의 외가
사람들에 대해 물었는데 소득이
별로 없다. 당시 김선생님은 중학
생이었으니 모를 만도 했다. 하얼
빈에서 서울까지 가져온 우리집의 사진들, 6.25 난리통에도 간수
한 옛 사진을 이 집에선 단 한 장도 남겨두지 않았다. 그 물씬한
부르주아 냄새를 빡빡 지워버린 모양이다. 그래도 북한 거주 외
숙들의 소식을 듣는 뜻밖의 수확이 있었다.

내 어머니 마냐 김은 장녀이고, 여동생 따냐와 그 밑으로 네

남동생 꼴랴, 뻬쨔, 모랴, 볼랴가 계시다. 보관 상태가 양호한 그 분들의 사진은 1930년대에 머물러 있다. 이모님은 서울에서 내가 세상 구경을 하기 얼마 전에 타계하셨지만, 6.25때 헤어진 네 분 외숙은 나의 존재를 알고 계시다.

꼴랴, 한국명 김동선. 사진 속 김구와 똑같은 동그란 테 안경을 쓴 전기공학도. 노력형의 과묵한 수재라고 사진이 말하고 있지만, 조금 어렵게 느껴지는 이 외숙 때문에 어려서 가끔 꾸중을 들은 적이 있다. 명절날 온가족이 모여 마작을 즐기며 시끌벅적 소란해도 한 구석에 앉아 독서삼매였다고 한다. 책을 읽다 말고 참견을 한다던가 시끄럽다고 투정을 부렸다간 틀림없이 꼴랴 삼촌이 나를 혼냈다.

귀국 후의 거주지는 동생 셋과 함께 중랑교에 있던 서울공대 기숙사였다. 인민군이 퇴각할 때 공대의 수재들이 여럿 사라졌고, 꼴랴 삼촌도 동생 셋과 함께 연기처럼 사라졌다. 선친께선 삼촌의 지도교수가 빨갱이였다며 월북 아닌 납북을 주장하셨다. 김금옥 선생께 들은 그 후 삼촌의 소식은, 모스크바 대학, 베를린 대학을 유학했고 능원부(能原:우리의 산업자원부 격) 장관 재직 중 순직하셨다는 것이다.

뻬쨔, 한국명 장선. 삼촌 넷 중에 제일 내 마음에 드는 분. 형보다 훨씬 잘 생긴 용모 하며 사진이 전하는 메시지는 '여유' 그 자체. 책벌레 형님에 비해 사려도 깊고 뱃장도 크고, 집안 대소사의 믿음직한 해결사였단다. 그 큼직한 눈으로 상대를 똑바로 쳐다보면 마음 약한 이들은 지은 죄가 없어도 오금이 저렸다고 한다. 어렸을 때 내 안광이 너무 강해서 강보 속 아기인데도 밤에는 들여다보기가 무섭더라고 유모가 얘기한 적이 있다. 그런데 이 빼쨔 삼촌의 안광이 나보다 한 격이 위였다고 해서 마음이 끌린다. 안광이 너무 강하면 안 좋은가? 난 저시력이 되어 안광을 잃었고, 안광을 잃지 않은 삼촌은 목숨을 너무 일찍 잃었다. 6.25 때 대학생 나이로 전사하셨다.

모랴, 한국명을 모를 뿐 아니라 볼랴와 모랴 누가 셋째인지 매번 순서가 바뀐다. 인간미 철철 넘치는 쾌남아. 집안은 언제나 이

어머니는 북으로 가버린 동생들을 평생 가슴에 담고 사셨다

셋째의 친구들로 북새통을 이루었다
며 삼촌처럼 친구를 많이 사귀라는
게 어머니의 당부이셨다. 아침이면
학교 가자고 불러대는 친구들 고함으
로 옆집 보기가 민망했단다. 누님, 형
님 말씀에 순종하고 동생에겐 언제나
져주는 무골호인. 한 번 화를 냈다 하
면 자형들도 설설 기어야 했단다. 형
제 중에 제일 인정이 많았노라며 어
머니께서 눈물 글썽이시곤 했다.

내 보기에 삐쨔는 따냐와 비슷하
고 셋째가 형제 중에 가장 큰 누님을

젊은 날 아름다운 따냐 이모의 모습

닮았다. 6.25때 미군의 화염방사기 공격을 받아 전신이 만신창이
가 되어 군병원에 입원해 있다가 전쟁이 끝나고도 여러 해 뒤에
야 퇴원했다고 한다. 한적한 시골 중학교 교장 선생을 지내다 10
여년 전 퇴직했다고 한다. 김금옥 선생의 말씀으로는 화상이 심
한 얼굴 때문에 형편없이 못생긴 여자와 결혼했다고…. 어머니께
서 들으셨다면 눈물 꽤나 흘리셨겠다.

볼랴, 어쩌면 모랴일지 모르지만 어쨌든 볼랴. 역시 한국명을
알지 못한다. 하얼빈 사진은 꾀돌이 익살꾸러기 중학생. 서울에
서 찍은 대학 신입생 모습의 엄지손톱만한 증명사진도 있다. 귀

엽고 깜찍해 보이는 아이와 맘씨 좋고 느긋해 보이는 청년이 동일인이라는 걸 믿고 싶지 않을 만큼 느낌이 서로 다르다.

사진으로 봐선 그리 순할 것 같지 않은데, 장난꾸러기이긴 했어도 순둥이였다는 게 어머니의 믿을 만한 증언. 연년생이기도 했거니와 늘 형의 친구들이 북적거려 형의 학년인 체 놀았단다. 결혼한 누님들이 자기 생일을 잊기라도 할라치면 만우절 꾀를 써서 선물을 꼬박꼬박 챙겼던 꾀돌이. 6.25때부터인지 그 다음부터인지 소식 끊긴 지 오래 되었다고 했다. 선친께서 무척 귀여워하셨던 처남이다. 나는 어렸을 때 그리 귀염성 있는 아이가 못되었던지, 선친께선 의도적으로 이 삼촌 얘기를 자주 하셨던 것 같다.

외삼촌 네 분을 낳으신 작은외할머니와 외삼촌

이렇게 난 기억에는 없고 사진 속에만 있는 외숙들을 보면서 들으면서 자랐다. 이산가족을 찾기로 한다면 심한 화상으로 보기 흉해진 셋째 외숙을 찾기가 그리 어려울 것 같지는 않다. 젖둥이로 보셨던 나를 만나시면 부둥켜안고 흘리실 눈물이 그분께 있을까? 내 이목구비는 선친을 닮았는데 풍기는 인상은 영락없는 어머니라고들 하니, 누님 생각에 잠시 눈물을 지으실지도.

　외삼촌 넷을 낳으신 분은 그 옛날 마적떼 습격 당시 목숨을 잃은 외할머니 다음으로 외할아버지와 결혼한 작은 외할머니시다. 유난히 눈망울이 크고 미모여서 인근에서 보러 올 정도였다고 한다. 원체 자상한 인품으로 전처가 낳은 두 딸 마냐, 따냐를 친딸처럼 살갑게 키웠던 전형적인 한국의 어머니였다고 어머니는 그 분을 추억하셨다. 풍성하고 아름다웠던 가족들.

　한국에 홀로 남아 돌아가실 때까지 헤어진 부모 형제를 그리워했던 내 어머니의 외로움이 더욱 사무치는 요즘이다.

# ··· 꽃대궐 집
# 남로당 거물의 딸

　우연한 기회에 창신초등학교엘 가게 되었다. 아버지께서 사다
주신 란도셀을 메고 단발의 꼬맹이가 로봇 병정처럼 졸랑졸랑 운
동장을 가로지르는 모습이 떠올라 피식 웃고 말았다.

　바다같이 넓기도 하더니만, 지금 운동장은 딱 손바닥 크기. 내
가 살 때는 동대문구 창신동, 지금은 종로구 창신동이다. 15년의
내 어린 날이 이 곳에 있다. 밖으로 나와 예전에 다녔던 길을 더듬
었다. 다행히도 길만은 그대로 남아 있어 살던 집을 찾기가 쉬웠
다. 길은 의구하건만 옛집은 간 데 없어 나를 서운하게 만들었다.

　내 기억 속 맨처음 우리 집은 계단이 몇 개 있는 축대 위의 작
은 한옥으로, 눈에 잘 띄지 않는 허름한 집이었다. 6.25때 아버지
께서 마루 밑 땅굴에 숨어 지내셨던 이 집을 비롯해 그 일대가 개

발되어 딴 동네로 변했다.

이 집에 살 때였다. 밥 한 숟가락을 남겼다가 담장에 올려놓고 참새를 기다린 적이 있다. 참새가 머리에 앉으면 발톱이 따끔따끔했지만 참새가 떨어질까봐 꼼짝 않고 꾹꾹 참았다. 늦가을 비 오던 날, 비 맞으며 밥 먹으면 참새가 체할까 봐 우산을 받쳐주고 난 쫄딱 젖어서 그 날 밤 주사를 맞아야 했다. 쬐그마한 아이가 툇마루에 쪼그리고 앉아서 날마다 무얼 그리 궁리했던지···.

6살 때 가까운 곳으로 이사했다. 먼저 한옥에 비하면 대문이 셋이나 있는 저택이었다. 당시 수준으로야 궁궐 같은 이층집, 나의 호적지이다. 지금의 난 바로 이 집에서 다듬어졌다. 조선 말에 북구에서 온 선교사가 지었다고 했다. 그래서인지 유리창이 좌우 아닌 상하 미닫이였다. 유럽 주택에 있는 선룸과 응접실이 따로 있었고 노릇한 코르크 바닥에 닿는 감촉이 부드러웠다.

언젠가 집이 너무 낡아 수리를 한 적이 있었다. 외벽은 화강암, 내벽은 구한말에 유행한 회색 벽돌로 그 안쪽에 나무 널판을 댄 뒤 회칠을 했고, 가운데 5센티미터 쯤의 공간엔 보온용 톱밥이 가득 채워져서 모두들 혀를 둘렀다.

언덕에 기대앉은 이층집으로, 이층과 아래층에 각각 마당과 대문이 따로 있었다. 이층 마당에 세 길도 더 되는 라일락이 흐드러지면 온 동네 사람들이 그 짙은 향 때문에 멀미를 할 정도였다.

한여름 돌돌 말리면서 떨어진 무궁화가 아까워 어머니는 꽃밭 한 귀퉁이에 차곡차곡 쌓아두셨다.

아래층 늙은 등나무는 저 혼자선 서있질 못해서 기둥을 받쳐 놓았다. 구불텅 휘어지며 만들어 낸 등걸에 걸터앉아 포도송이 같은 보라꽃을 넋 놓고 감상하다 여러 번 거꾸로 떨어졌다. 어른 주먹만한 분홍 장미가 피어나 담장 밖을 넘보면 난 담장에 붙어 서서 꽃도둑을 지켰다. 키 작은 채송화와 껑다리 해바라기, 첫새벽 나팔꽃에서 초저녁 달맞이까지 이런저런 꽃들이 피고 지면 꽈리 조롱박 수세미가 가을 꽃밭을 꾸몄다.

관리인의 집이었던지 뚝 떨어진 아래쪽에 독립가옥이 하나 더 있었다. 그 비탈에는 복숭아와 앵두나무로 둘러선 나만의 꽃터널이 있었다. 기어서 들어가고 나오면 머리에서 무릎에서 꽃잎이 묻어났다. 어느 시인의 표현대로 그 비탈의 옥수수가 열병식을 할 때면 난 오른손을 이마에 올려붙이고 사열을 받았다.

꽃대궐 공주가 이 집에서 꺼리던 구석이 있다. 푸르다 못해 시커먼, 손바닥만한 담쟁이덩굴 잎사귀가 잿빛 화강암을 뒤덮어버린 동쪽 벽, 이쪽의 밋밋한 비탈을 오르면 이층 마당이 나온다. 나는 이 길 지나기를 두려워했다. 고개를 올려 바라보면, 시커먼 잎새며 마귀 그물 같은 줄기며 그 잎새 사이에서 번뜩이는 창문이 마치 탐정 추리 소설에나 나올 법한 모양이었다. 이 집에 얽힌 산뜻하지 못한 역사가 나를 그렇게 느끼게 만들었을지도….

120

휴전 후 적산가옥이라는 게 있었다. 남로당이나 월북한 사람의 집. 이 꽃대궐의 주인은 인민군과 함께 퇴각한 남로당의 거물이었다고 한다. 확실하진 않지만 무연고 적산가옥은 국가가 접수했던 것 같은데, 선친께선 그 연고자를 찾아 집을 돌려주시느라 사재를 털고 정력을 쏟아부은 분이시다. 간혹 명절이면 그들이 짚으로 엮은 계란 꾸러미를 들고 찾아오기도 했다. 남들은 적산가옥을 얻지 못해 난리인데 굴러든 호박을 걷어차느라 남한 땅 일천 오백 리를 헤매시는 아버지를 누구는 좋은 사람이라 했고 누구는 모자라는 사람이라고도 했다.

집 주인이 거물이었던지 가족 찾기에 3년도 더 걸렸는데, 가족 구성이 좀 복잡했다. 자식이 없는 본처와 요릿집 주인이며 딸 하나를 둔 첩이 있었다. 전쟁 때 팔 하나 눈 하나를 잃은 아들과 어렵게 살고 있는 사촌 누이도 있있다. 양반 후손인데다 동경 유학에 첩까지 거느린 인텔리겐챠. 북한에서 따지는 '성분'이 이 지경으로 불량한데 남로당 박헌영이 숙청당할 때 무사했을까?

어쨌거나 처와 첩의 동의를 얻어 우선 사촌 누이를 독립가옥에 살게 했다. 안채를 세 놓아 생활비를 보태게 했고 우리집 일도 많이 거들었다. 그 가족의 면면과 치열한 재산쟁탈은 삼류영화 딱 그것이었다.

금테 안경과 양장이 돋보이는 여학교 사감선생 같은 본처는 거물 남편에 어울리는 신여성이었다. 교양과 학식이 있고 인물도 체격도 다 번듯한데 어느 한구석 인간미가 느껴지지 않았다. 우아함을 넘어 오만한 미소를 비칠 땐 치열 고른 옥니와 얇다란 검은 입술이 눈길을 사로잡았다. 생김새만으로도 처보다는 훨씬 격이 떨어지는 첩은, 날아갈 듯한 한복 맵시는 훌륭했지만 얼굴에 덮은 화장품을 긁어내면 한 바가지가 넘칠 것 같게 화장이 짙어서 역했다. 도톰하여 육감적인 새빨간 입술은 웃을 때 살짝 비틀어져서 난 눈을 동그랗게 뜨고 바라보곤 했다.

뾰족한 생계수단이 없는 처와 딸을 둔 첩의 입장을 배려하고 타협시키느라 아버지는 1년도 넘게 애를 쓰셨다. 걸핏하면 차례로 찾아와서 제 편을 들어달라고 애걸하며 상대를 욕하느라 입에 거품을 물었다. 어떨 때는 처첩과 사촌이 함께 모이기도 했다. 휘날리는 머리카락에 부러진 안경 다리…. 첩이 딸을 데리고 온 적이 있었는데, 새파랗게 질려 엄마 치맛자락을 잡고 연신 눈물만 흘렸다. 이 삼류영화의 결론을 보자면, 축첩을 범죄시 한 당시의 사회 통념상 인정머리 없는 처가 승소했다고 한다. 장장 6, 7년간의 긴 휘말림이었다.

아래층 마당에는 아름드리 소나무와 오동나무가 있었다. 사람들마다 베어버리라고 했다. 집안에 그런 걸 두면 흉가가 된다나? 우리 식구들은 그런 속설에 무신경했지만, 재판에 진 여인의 한이 오뉴월 서리가 되었던지 그 집을 사들인 부자들은 하나같이

끝이 좋질 않았다. 가산을 탕진했거나 집안에서 딸이 자살하기도
했다. 그리고 지금은 흔적조차 남지 않았다.

아주 오랫동안 깜깜 잊
고 살았는데 흔적마저 남지
않은 집 앞에서 순간 생생
하게 떠오르는 얼굴이 있
다. 첩의 딸이었다. 겁 먹은
듯한 순한 얼굴은 귀엽지도
영리해 보이지도 않았다.
땋아내린 갈래머리, 동그랗
긴 한데 은행알 같아서 예

아버지와 함께 고궁이나 도서관에 가는 시간이 즐거웠다

쁘지는 않은 눈, 순해 터진 하얀 얼굴, 헤벌죽 웃으면 앞니가 토끼
이빨 같았다. 그 시절 밥 먹이는 것도 고달프던 때, 첩은 요즈음
아이처럼 예쁘게 꾸미고 입혀서 학교에 보냈었다.

이 아이가 창신초등학교 다니는 나와 같은 학년이라는 걸 알
게 된 때가 4학년 가을이었다. 그 엄마가 소리를 잘 질러서인지
딸은 숫기 없는 조용한 아이었다. 소풍 때 내 어머니께서 준비하
신 삐에스끼(튀긴 만두 비슷한 러시아 음식)를 그 애에게 나누어 준
뒤부터는 나를 두려워하거나 경계하지 않았다. 나를 보고 수줍게
히죽 웃는 눈빛이 슬퍼 보였다. 말더듬이는 아닌데 말을 시작하

려면 몹시 긴장하는지 살짝 더듬곤 했다. 언젠가 혼잣말처럼, 꼭 내가 못듣기를 바라는 투로 "엄마가 참 잘해 주는데… 소릴 너무 질러서…" 그 아이가 가여워서 똑바로 쳐다보기가 미안했다. 그래서 나도 듣거나 말거나, "아래층 마당에 있는 쌍그네 봤지? 타고 싶으면 아무 때나 와도 돼"라고 했다.

사람들이 어떻게들 알았는지 그 아이에게 '사상아(아버지가 공산주의자)'라는 딱지를 붙이고는 모두들 가까이 하지 않았다. 아마도 내가 복도에서 마주칠 때 웃어주는 유일한 아이가 아니었나 싶다. 그 꽃대궐에서 가꾼 나의 추억이 너무도 소중하여 문득 그 아이에게 미안한 생각이 들었다.

북에서 전쟁을 일으키지 않았다면 성이 장씨였던 그 아이가 받을 뻔했던 복을 엉뚱하게도 내가 누렸던 것 같다. 선친께서 벌이신 집주인 찾아 돌려주기의 그 눈물겨운 노력도 어쩌면 그 아이에겐 상처만을 남겼을지도 모를 일이다.

이제는 중년의 고운 여인이 되어 있을 그 아이는 어디서 어떻게 살고 있을까? 언젠가 그 아이도 이 집을 찾아왔을까? 모르긴 해도 그 아인 이 꽃대궐을 찾지 않았을 게다. 꽃대궐 기억은 나의 것이고, 그녀에겐 두렵고 서럽고 아픈 기억만 남았을 테니. 그 여리던 성격이 한 세상 살고 난 지금은 좀 강해졌을까? 어린 날의 상처일랑 털고 잘 살기를 때 늦게 빌어본다.

# 첫눈 오는 날
## 다시 만나자던…

    신문사 자료실을 찾았다. 긴 점심 시간을 이용해 혼자서 덕수궁을 걷기로 했다. 12년 만에 다시 찾아온 덕수궁. 조선시대의 복장을 갖춘 수문장이 버티어 서 있기도 했고, 한동안은 돌담을 헐어 내고 빨강, 노랑 색깔이 든 철책을 둘러 안이 훤히 들여다보이도록 해놓기도 했다가 다시 돌담을 쌓았다.

    대한문에 비해 하얗고 깨끗한 돌담을 바라보며 문 안으로 들어서니 길이 시멘트로 포장되어 발바닥에 닿는 감촉이 딱딱하다.

    세상은 하루가 다르게 변하고 있는데 내가 그 변화를 미처 따라가지 못하는 것 같아 씁쓸하다. 까르르 깔깔, 여학생들이 몰려왔나 싶어 쳐다보았다. 초가을 부신 햇살에 더욱 새하얗게 눈부신 웨딩드레스의 신부가 친구들에 둘러싸여 한창 신이 나 있다.

윗몸을 뒤로 젖히며 웃어댄다. 인목대비의 슬픈 이야기가 서려 있는 고궁과 눈부시게 하얀 신부. 햇살이 너무 화사하다는 생각이 들었다. 아무런 스스럼없이 깔깔대며 장갑 낀 흰 손을 흔들어 대는 신부가 어쩐지 낯설다. 신부가 되어 보지도 못한 채 난 어느새 구세대로 접어들고 말았나 보다.

먼저 함녕전(咸寧殿)엘 들렀다. 납작한 문짝, 가느다란 서까래, 전에는 아무런 생각 없이 보았던 것들이 오늘은 어찌 이리도 초라하고 서글퍼 보이는 걸까? 자금성(紫禁城)의 그 미련하도록 거대하고 육중한 궁전을 두어 번 돌아다본 탓일까? 조공(朝貢)을 받치느라 허리 휘다가 식민지가 되어 멸망한 조선의 억울한 역사가 생각나서일까?

절간의 화려한 단청에 익숙해진 내 눈에 유교의 '군자지덕(君子之德)'을 강조한 궁전의 단청은 외려 담백한 느낌이 들었다. 전에는 없던 비둘기들이 모여들어 내 느린 걸음을 따라 뒤뚱거린다. 사람들이 모이를 뿌려 주는 모양인데 미처 준비하지 못한 난 비둘기에게 미안하기도 하고, 세상이 어찌 돌아가고 있는지 통 모르고 사는 내 자신이 딱하게도 여겨졌다.

옆으로 난 쪽문이라고는 해도 대궐에 있는 문이라고 하기에는 어처구니없게 낮고 좁은 문, 그 문을 나와 중화전(中和殿)에 이르렀다. 군왕의 위엄이 여전히 남아 있는 듯하여 서글펐던 마음이 조금은 위로를 받는다. 여학생 때에는 정이품 품석 앞에서 오랫동안 머무르곤 했었다. 낙향할 일밖에 남지 않은 영의정보다는 정이품이 훨씬 더 마음에 들어서였다. 대학교에 들어간 뒤로는 줄곧 남자들과 경쟁하며 그들과 도움을 주고받으며 살아왔다. 조선시대에 태어나지 않았기에 그런 행운도 거머쥘 수 있었다. 단발머리 시절에도 조선시대에 태어나지 않은 것을 축복이라고 여겼었다.

구중궁궐 깊은 곳에 갇힌 듯이 살아가며 한 남자만을 바라보는 여인들이 서로 할퀴고 물어뜯는 일이란 생각만으로도 처절하다. 하늘 같은 서방님을 시앗에게 내어주고 응어리진 가슴을 아랫것들에 대한 화풀이로나 달래며 한 세월을 한숨으로 지내는 노릇은 상상만 해도 한스럽다. 상것으로 태어났다면 한평생 손톱이 닳도록 뼛골이 빠지도록 일만 하고, 제 것이라곤 명(命)밖에 없으면서 그나마도 지켜내기가 어려웠을 것이다. 아니면 서출에 한 맺힌 독부(毒婦)가 되어 야사를 꾸미지 않았을까? 그도 저도 아니라면 해어화(解語花)가 되어 한량들의 시심(詩心)이나 채워 주며 풀잎 끝 이슬 같은 삶을 술잔에 담았을지도….

여자로 태어났다는 것이 바로 굴레였던 조선 여인의 삶은 생각만으로도 애달프다. 재주라곤 별로 쓸 만한 것이 없으면서도 제때에 태어났음을 스스로 신통해 했었다.

중화문 앞 범종도 옛모습 그대로다. 조선 여인의 삶이 애달펐다 해도 역사를 움직이는 남자를 움직였음에는 틀림이 없나 보다. 여인의 눈물이 그토록 위력을 지녔음이 분명한데, 통 울 줄을 모르는 난 껍질뿐인 여자인가 보다. 정릉의 주인 강비(姜妃)의 눈물은 이성계의 마음을 녹였고 방원을 분노케 했다. 왕자의 난으로 강비의 두 아들은 처단되었다. 방원의 손자 수양이 강비를 위해 지은 광부사(光夫寺)의 범종만이 지금 덕수궁에 남아 역사를 움직인 여인의 눈물을 전하고 있다. 범종각 바로 옆에는 커피 자판기가 놓여있어 과거와 현재를 대비시켜 주고 있다.

풀 먹여 빳빳한 하얀 깃, 깡총한 단발머리, 덜 익은 감 같은 얼굴로, 온 세상의 고뇌를 혼자 싸 안고 덕수궁을 자주 걸었다. 학교가 바로 덕수궁 뒤에 있던 탓이다. 늦은 봄 정관헌(靜觀軒) 앞 뜰의 작약이 흐드러지면 그곳에서 선비의 기상을 흉내냈다. 덕수궁에서는 해마다 국화전이 열려 가을을 알린다. 사람이 꾸며낸 형태대로 자라 주어야 할 국화의 말 못할 아픔을 생각하며 혼자서 가슴 아파했다. 옛 어른들의 치욕 위에 곧게 버티어 선 석조전 기둥을 쳐다보며, 국가와 민족을 위해 할 일을 많이도 남겨 두신 그분들께 감사를 드리기도 했었다.

이렇게 자주 오다 보니 학창시절의 의미있는 만남이 이 곳에서 비롯되었다. 어느 11월, 백일장을 며칠 앞둔 토요일, 때맞춰 첫눈이 내렸다. 시심(詩心)을 다듬어 보겠다고 인적 뜸한 덕수궁을 걸었다. 첫눈치고는 제법 푸짐한데다 시정(詩情)에 취해서였는지 그만 미끄러졌다. 흩어져 버린 시어들이 아까워 그냥 죽치고 있었다.

"발이라도 삐었나요?" 밝은 목소리가 들려 뒤돌아보았다. 명찰이 별나게 생겨 학교만 알아보고 얼굴은 미처 보지 못했다.

며칠 후 백일장을 마치고 겨우 입선밖에 못해서 김이 빠지기도 하고 부끄럽기도 하여 도망치듯 나오는데, 전 날의 기분 좋은 그 목소리가 들렸다.

"입선, 축하합니다." 나는 얼른 도망쳐 버렸다.

'장원을 못했다고 나를 놀리나?'

내 마음속에서는 그렇게 답했던 것 같다.

다음해 첫눈은 오후에 내리기 시작했다. 펑펑 쏟아진 건 아니었지만 제법 땅을 덮었다. 바라던 대로 7교시 체육시간은 자습이었다. 갑자기 덕수궁의 첫눈이 궁금해져서 외출증을 떼러 갔더니, 선생님께선 조퇴로 처리하지 않을 테니 돌아오지 않아도 좋다고 하셨다. 우리 선생님 멋쟁이!

덕수궁엔 나처럼 할 일 없는 사람 서넛이 오고가고 있을 뿐 적요했다. 조금 내린 눈이 노란 잔디 속에 흔적으로 파묻혀 있는 풍경을 어떤 말로 그려내나 궁리하며 걷고 있자니, 나를 깨우는 목소리가 들려 왔다.

"또 넘어지겠습니다." 우연치고는 기막혔다.

그 목소리를 또다시 들을 수 있었으니 말이다. 고개를 들어 처음으로 얼굴을 들여다보았다. 목소리가 근사하더니 얼굴 또한 준수했다. 그때만 해도 중고등학생에겐 남녀칠세부동석이 엄격하게 요구되고 있었지만 나는 시대를 좀 앞서 살았다.

국제도시 하얼빈에서 오랫동안 서양 사람들과 이웃하고 사셨던 어머니께선 남자건 여자건 친구를 많이 사귀도록 권하셨다. 그래서 남자 친구들을 언제나 집으로 데리고 가서 놀았고, 부모님께서도 함께 동무해 주셨다. 덕수궁에서 우연히 만나긴 했어도 목소리, 얼굴, 학교가 다 괜찮은데다가 백일장에도 들락거리는 걸 보니 집으로 데려가도 좋을 것 같았다.

"할말 있으면 우리 집으로 와요. 여기선 남들이 이상하게 보니까." 뜻밖이었던지 그는 멍청한 얼굴을 하고 서 있었다. 꽤 여러 발자국을 걸어간 뒤 돌아다보았더니 여전히 그 자리에 그대로 서 있었다. 며칠 후 수유리로 가는 버스를 탔다. 운 좋게 빈자리를 찾아 앉고는 앞에 선 남학생의 가방을 받아 주었다.

"고맙습니다." 아니 이 목소리, 그였다. 돌부처가 되어 의자에 붙어 버리는 줄 알았다.

학년은 같아도 한 살 더 먹었다고 오빠처럼 굴려고 애쓰더니, 내가 앓느라고 휴학한 동안 제가 본 모의고사 시험지를 열심히 모아다 주었다. 그가 대학교 2학년이고 나는 무소속이던 해, 첫눈

내리는 날 덕수궁에 가자고 나를 찾아왔다. 눈이 제법 맞을 만하
게 내려서 시광(詩光)이 도도해질 법도 했지만, 그 무렵 난 낙오된
자신의 자리를 짚어 보느라 정신이 없었다. 넓은 이마에 하도 건
방을 흘리고 다니기에 기를 꺾으려고 친구하게 되었다더니, 이
날은 내 기를 살려 주려고 첫눈 내리는 날 덕수궁에서 만나기로
한 것이다. 건방을 있는 대로 떨어대던 그 때를 생각하라고.

첫눈이 오면 덕수궁에서 만나기로 한 우리들의 약속은 매년
지켜지진 않았다. 그가 입대를 해서, 또 각자 외국으로 공부하러
가 있어서, 회의나 세미나 때문에 빠져 나올 수가 없어서 등등의
이유였다. 작년에는 조퇴까지 해가면서 약속 좀 지켜 보려 했는
데 차량 추돌사고가 나서 길이 밀리는 바람에 덕수궁에 닿았을
땐 문이 닫힌 한참 뒤였다고 했다. 서로 서울을 비울 때도 많았고,
눈만 내렸다 하면 마비되고 마는 서울의 교통 사정으로 인해 우
리의 약속은 몇 년에 한 번 지켜질까 말까이지만, 해마다 첫눈 내
리는 날 내 마음은 틀림없이 덕수궁에서 눈을 맞는다.

'첫눈 오는 날의 만남.' 언뜻 듣기에 로맨틱하다.
하지만 우리는 단지 그 시절을, 그때의 우리를 사랑하는 것 뿐
이다. 첫눈처럼 새하얀 우리의 우정을 아끼는 것이다. 둘 다 결혼
한 다음에 넷이 만나자고 해서, 헤어질 때마다 "내년엔 넷!"을 외
쳤었는데….

덕수궁 돌담길, 한때는 젊은이들의 가슴을 울렁이게 하던 그 길을 따라 내가 다니던 학교 쪽으로 걸었다. 고궁의 돌담이 너무 깨끗하니 운치가 없어 서운하다.

서울에 강남이란 곳이 없던 시절, 이 길은 명소였다. 노오란 은행잎이라도 깔리는 날엔, 학교에서 행사가 있어 늦어지는 날엔 다정한 연인들과 마주치게 된다. 우리라고 여럿이 뭉쳐서 소란을 피울 수가 없어 둘씩 짝을 지어 다정히 속삭이며 행렬 속에 끼여들곤 했었다. 이제는 학교도 이사했고, 다정한 연인들도 더 멋진 곳을 찾아서 떠난 지가 오래다. 단정하고 말쑥한 돌담이 퍽이나 쓸쓸해 보인다. 돌담을 끼고 혼자 걷는 나도 다른 이들의 눈에 그만큼 쓸쓸하게 비치는 건 아닐런지….

# 노처녀의
## 남자친구 만들기

이제까지 내 곁에 친구가 많은 걸 감사하며 살고 있다. 남자건 여자건, 잘났건 못났건, 잣대에 맞추어 사람을 선별하지 말고 어떤 사람과도 다 친하게 지내라시던 어머님의 가르침에 사람을 가리지 않고 사귀려고 무던히도 애를 썼다. 그런데 친구라는 것, 그것도 남자와 여자 사이의 친구 관계는 묘한 지점이 있는 것 같다.

알던 남자 친구가 귀국한 지 꽤 여러 날이 지났다. 그 일을 말해 주는 대만 친구는 내가 까맣게 모르고 있다는 게 도무지 납득되지 않는 눈치다.

"친한 친구인데 어째서 네게 말하지 않았을까?"

"너무 친해서 작별이고 뭐고 필요 없었겠지 뭐."

그 순간을 넘기느라고 해본 소리였지만, 영 떨떠름했다.

나는 그 친구를 대할 때 나를 포장할 필요를 느껴본 일이 한번도 없었다. 대만에서 알고 지낸 지 3년여, 어렵고 난처한 일이 생기면 편하게 자문을 구했다. 그가 나보다 두세 살 위니 선배에 대한 예의야 지켰지만, 그가 남자라고 해서 더 친할 이유도 덜 친할 까닭도 없었다. 우리는 똑같이 한·중 4개 정부의 상호관계에 관심이 컸으므로 이에 대해 의견과 자료를 교환하기도 했다. 직접 물어 본 일이야 없지만 그도 편하게 나를 대했다고 생각했는데, 귀국하면서 일언반구도 비치지 않았다. 왜일까? 내 머리로는 짐작조차 할 수 없었다.

남자와 여자의 친구 관계를 운운하는 것은 이제 너무나 진부한 얘기일 수 있다. 인식이나 행동에 있어 남자와 여자가 공유하지 못하는 부분이 꽤 많다. 친구란 바로 이런 차이 때문에 필요하고 소중하다는 내 생각은 이상론이거나 환상일까? 여자 같은 남자도, 남자 같은 여자도 있는 것이고, 남자다운 남자에게도 여자다운 여자에게도 그 반대의 일면이 있다. 그래서 남자건 여자건 간에 상관없이 누구라도 친구로 지낼 수 있다고 믿어 왔다.

정치학을 공부하는 탓에 고등학교를 졸업한 뒤론 여자를 친구로 사귈 기회가 별로 없었다. 선배도 동기도 후배도 몽땅 남자뿐이었다. 그들 속에서 묻혀 살다 보니, 내 또래의 여자들은 지금 무엇을 생각하며 어떻게 살아가고 있는지를 짐작하기 어렵게 되었다. 남자들이 모이면 어떤 수다를 떠는지는 알아도, 여자들은 모여서 무얼 하고 노는지 잘 몰랐다. 가정, 주부, 자녀, 시댁, 친정 따위의 단어는 생소해서 내가 여자라는 걸 잊고 지낼 때가 많다. 이상하게 들리겠지만 남자를 대할 때는 별 생각 없이 내 생긴 대로 하면 되는데 여자를 대할 때면 마음이 좀 쓰인다.

남자를 대하는 내 행동에 지침이 된 일이 있다. 오래전 대만에서 여름 방학 때 한국에 나왔다가 친구들의 모임에 어울렸는데 여흥으로 노처녀 성토가 벌어졌다. 이미 중년으로 넘어가고 있던 친구들은 노처녀 소탕을 위해 총궐기하자고 결의했다. 발제자의 기염은 대단했다. 주부들이 집에서 끝도 없는 가사 노동에 썩고 있는 동안, 저 혼자 앞서 가 버린 남편은 밖에서 겉돈단다. 사회활동을 하는 노처녀는 대화가 통할 뿐 아니라 제 행동에 책임도 질 줄 알아 남성의 선호도가 매우 높다나?

"미영순일 시집 보내자!"

"적을 하나라도 줄여 보자!"

권태기 주부들의 히스테리에 비하면 노처녀 히스테리는 젖내 나는 수준이라는 걸 어렴풋이 짐작케 했다. 장난처럼 굴었지만 그런 문제에 대해 그녀들은 제법 진지하게 마음 쓰고 있었다. 그래서 결혼한 남자를 대할 때, 그 부인이 마음 쓸 일은 아무리 사소하더라도 절대로 하지 않으려고 주의한다. 어렸을 때는 남자도 다 좋은 친구이더니 나이가 들면서 남자는 그냥 아는 사람일 뿐 친구로 남기가 어렵게 돼 버렸다. 향이 좋은 차가 생겼기로, 빛깔 고운 포도주가 생겼기로 심심한 날 그를 불러낼 수 없고, 그래서 남자는 친구이기가 어렵게 되었다.

　아주 가끔이지만 어려서 놀던 앞뜰이며 골목 어귀가 그리워질 때가 있다. 여학교 친구들의 모임에 옛집 뜨락을 찾는 마음으로 참석할 때가 있다. 아이들이 무얼 잘 먹고, 담임 선생님한테는 잘 해주어도 못해 주어도 탈이고, 과외 선생은 누가 유명하고, 그릇은 어디가 싸고 가구는 어디로 가서 사야 하고…. 무엇 한 가지 아는 게 있어야 말참견이라도 해보지. 가정은 우주요, 자식은 자신의 생명이며, 그 무한연장으로만 알고 있는 그네들의 소박한 행복이 고와 보이기는 하지만 그들과 대화하는 언어를 모르니 이 노릇을 어쩌랴.
　결혼을 안하기도, 못하기도 한 여자들과 친구하면 될 것 같은데 그것도 생각보다 간단하질 않다. 여류라고 이름지워진 독신녀가 제법 많다. 유유상종이라고 했으나 내가 여류이기를 거부하기 때문인지 그들과 유유가 되질 못한다.

　장미는 장미라서 예뻐하고 백합은 백합이어서 사랑한다. 남자는 남자라서 편하고 여자는 여자라서 좋다고 생각하는 난 머리가 좀 모자라는 걸까? 남성을 모방해야 할 만큼 그들을 동경하지도 흠모하지도 않는다. 장미의 색깔이 아무리 고와도 하얀 백합은 그 앞에서 늘 당당하다.

이리저리 따져 보니 아는 사람은 많은데 친구는 없는 모양이다. 늘 마주치며 사는 사람들이 다 남자이지만 세상 입이 무서워서 친구하기는 어렵다. 여자들과 놀아야겠는데 그 또한 까다롭다. 남편과 자식을 사랑하는 여자들과 놀고 싶지만 그들과 대화하는 방법을 모르겠고, 남성을 한 번도 혐오해 본 일이 없으니 독신주의 여성과는 나눌 대화가 없다.

"나와 친구 할 사람, 어디 없나요?"

# ··· 가버린 선배에게
# 등을 밝히며

ㅈ 선배!

이제 저녁예불도 끝나고 어둠이 살포시 내리깔리는 절간에 4월의 싱그러움이 바람결을 따라 맴돕니다. 코 끝을 스쳐가는 꽃내음에는 생명에 대한 무한한 감동이 담겨 있어 세상 모두를 향해 깊이 감사드리게 됩니다. 이때쯤이면 초파일에 쓸 연등(燃燈)을 제 손으로 만들고 싶어하는 젊은이들이 직장에서 하나둘 모여 듭니다.

절 너른 터의 어느 한 구석에 무릎을 맞대고 둘러앉아, 나는 연잎에 풀칠을 하고 너는 그 꽃잎을 예쁘게 둘러 붙여 등을 만들고… 분홍, 초록, 노랑 연잎을 손으로 비비고 꼬아 한 잎 한 잎 붙이는 몰입의 시간. 이렇게 등을 만들고 있노라면 나는 또 30년의 시공을 잊고 대각사 그 좁은 방으로 돌아가 앉게 됩니다.

ㅈ선배!

내가 고2, 선배가 고3이었던 그때도 나는 풀칠만 열심히 했고 솜씨는 선배가 부렸었지요. 판매하는 등이 많아진 요즈음은 연등 만드는 솜씨가 좋아 봤댔자 부려 볼 여지마저 줄어들었지만, 일일이 손으로 철사를 끊어 살을 만들고 창호지를 입힌 뒤 색종이를 오려 붙여 만든 팔모등은 일그러진 애교가 돋보였던 우리들의 작품이었습니다. 기계로 찍어낸 듯 고르게 연꽃잎이 붙여진 보살님들의 솜씨에 비하면 형편없었지만 스님께선 예쁘다며 칭찬해 주셨지요.

학생법회가 조직되고 처음으로 참가하는 제등행사를 위해 우리는 좁은 방에 무릎을 맞대고 모여 앉아 열심히 등을 만들었지요. 아직 어린 불심(佛心)을 바르고 오려 붙여 만들어 낸 등은 너무 오래 주물럭거리느라 해져 버려 빼꼼한 구멍이 눈웃음을 치기도 했고, 卍자를 뒤집어 붙여 히틀러를 생각나게 했구요. 또 초꽂이가 위로 가버려 초를 거꾸로 켜야 하는 웃지 못할 일도 있었지만 우리 모두는 서로를 무척 대견해했습니다. 교복 앞자락에 풀칠을 하다 못해 등판에까지 허연 풀 자국을 남기고는 네 탓이다 내 탓이다 우기기도 했습니다.

그런 북새통에서도 지도 법사님은 경전의 여러 비유품(比喩品)들을 들려주셨고, 그때 상상의 나래를 펴던 미란다 왕의 마차 바퀴는 30년을 굴러 왔지만 아직 조금도 닳지를 않았습니다.

ㅈ선배!

4.19가 있고 몇 년 뒤였던가요? 그 해 초파일은 무척이나 더웠 었지요? 저녁 7시가 넘도록 눅진눅진한 채로 남아 있는 포장도로 에 헐렁한 운동화가 벗겨질까 봐 끈을 단단히 조여 매고 제등행 렬을 따라 나섰습니다. 행렬의 말미를 책임졌던 우리 학생회는 뒤로 처지는 노보살님을 부축해야 했고, 타다 만 채 땅에 버려진 등을 주워 모아야 했습니다. 선배는 쭈그러진 등을, 나는 일그러 진 등을 들고 있었지만 우리는 참으로 당당했습니다.

앞에서 들려 오는 보살님들의 석가모니불 소리는 구성지기도 했건만, 그런 가락을 맞나게 실을 줄 모르는 우리는 마치 친구 이 름이라도 부르듯 큰소리로 석가모니를 불러댔습니다. 조계사를 출발하여 동국대학교 앞을 지나 창경원 담을 따라 걸을 때쯤엔 기력이 소진한 나는 연체동물처럼 흐느적거리고 있었지요.

집에 다녀올 새가 없었던 나는 터질 듯이 빵빵한 자주색 책가 방을 든 채로였고, 맥이 풀려 버린 다리가 자꾸 책가방에 부딪쳤 습니다. 선배는 쭈그러진 자기 등을 나에게 넘겨 주고 10kg은 족 히 나가는 내 책가방을 빼앗아 갔습니다. 눈물이 나도록 고마웠 지만, 작달막하고 통통한 선배가 터져 나갈 듯한 책가방 두 개를 들고 뒤뚱거리는 모습에 나는 계속 키득거렸습니다.

출발할 때의 5분의 1도 안 되게 짧은 행렬이 되어 조계사로 돌아왔을 때는 이미 11시가 되었습니다. 나는 발바닥에 물집이라도 생긴 듯 아파서 발을 절고 있었지만 연등을 태우지 않고 무사히 돌아왔다는 기쁨에 아픔쯤은 잊고 있었습니다. 횃불을 든 산도적을 따라 산길을 걷는 것은 불빛을 위함이라는 〈선가귀감(禪家龜鑑)〉의 이야기를 새기며 등을 밝혔습니다. 우리도 도적만큼이나 어리석고 보잘것없지만 쭈그러진 등이 무명(無名)을 쫓아 줄 것으로 믿어 수유리까지 들고 가기로 했지요.

그때의 수유리는 제법 한적한 곳이었습니다. 선배의 집과 우리 집은 이웃하여 있었지요. 나는 등 두 개를, 선배는 책가방 두 개를 들고 자정이 지나 잠들어 버린 골목길을 걸으며 아무 말도 하지 않았지만 참으로 많은 이야기들을 나누었던 것 같습니다.

ㅈ 선배!

선배는 60년대 후반 학생운동에서 주도적인 역활을 했고, 〈서울대생 내란음모사건〉에 연루되어 모진 고문을 받기도 하였지요. 이후 인권변호사로서 가난하고 억울한 사람들을 위해 양심의 변론을 펼친 일들은 너무나 잘 알려져 있어 말을 줄이렵니다.

그러던 선배가 병마로 어이없게 가 버렸지만 제가 남아 연등(燃燈)을 밝힙니다. 등을 밝히고 싶지만 이제는 그럴 수가 없게 된 많은 이들의 등을 선배 대신 제가 밝힙니다.

# ··· 희미한 옛사랑의
# 그림자

　며칠 전 오랫동안 신세진 분을 찾아 뵈러 갔다가 뜻밖에도 그 집 앞을 먼발치로 지나치게 되었다. 그가 미국에서 나를 데리러 나왔다가 하필 병을 얻어 다 죽어 간다기에 그의 동생 손에 끌려 들어갔던 그 집이다. 그의 큰 아픔에 비길 수야 없겠지만 나라고 아프지 않았으랴. 한 달쯤 앓고 난 뒤 그는 모든 걸 떨쳐 내고 미국으로 돌아갔다. 바로 전날 나의 전송도 받았다. 이별의 장소로 그가 나를 데려간 곳은 강화도 전등사였다. 지금 난 전등사 소나무 숲길을 혼자서 서성이고 있다.

　우린 스물을 갓 넘겼을 때 종교가 같아서 알게 되었다. 종교에다 취미까지 같아 사고도 정서도 비슷했고, 행동은 더 많이 닮았었다. 우린 다른 여럿과 함께 서로 잘 통하는 떼거리를 이루고 있었다. 그와 난 의사소통을 위해서 따로 대화가 필요하질 않았다. "저—" "있잖아요"라든가, 그냥 가만히 바라보기만 해도 척척 알아들었다. 동시에 똑같은 생각을 해내곤 똑같이 입을 떼려다 웃어 버린 일도 자주 있었다. 말을 하지 않아도 알아들으니 그 아니 편안하랴.

똑똑한 그가 늘 좋았다. 여럿이 몰려다니다가도 누군가의 도움이 필요해지면 그를 힐끗 쳐다보았고, 언제나 예상했던 만족을 얻을 수 있었다. 지금도 그렇지만, 밤길을 걸을 때면 남의 손을 잡고서도 조금은 긴장하게 마련이다. 그가 곁에 있을 땐 손을 잡지 않아도 내 눈으로 보고 걷는 것같이 편하게 나를 잘도 데리고 다녔다.

몇 년이 지나는 동안 자연스럽게 내 일은 그가 거의 도맡아서 하게 되었고, 어쩌다가 혼자서 내 일을 할라치면 모두가 달려들어서 말렸다. 쳐다보는 자기네들이 더 불안하다나? 그가 자타가 공인하는 수재라는 것은 그리 대단한 것이 못 되었다. 그 무렵 내 주위의 친구들은 거의 그런 류였고, 오히려 어쩌다가 만나게 되는 그렇지 못한 사람들에게 나는 많은 관심을 갖고 있었다.

30대로 접어들 즈음엔 대학 교수가 된 친구들도 제법 많았다. 서로들 튀어 나간 방향이 틀렸고 자신들의 직무에 바빠지면서 어울림의 기회는 차츰 줄어들었다. 그래도 모임이 있을 때면 나도 빠지지 않았다. 누구 못지않게 즐겁고 당당했지만, 그들로부터 도태되어진 나는 언제나 나의 좌표 읽기를 게을리하지 않았다.

그런던 중 그가 미국 어느 재단의 장학금을 받아 박사 과정을 공부하러 떠나게 되었다. 그를 환송하러 모인 우리는 종일 함께 어울렸다. 당연히 나를 집에 데려다 주는 일은 그의 몫으로 남겨졌다. 늦된 딸을 서른이 넘도록 부모님 곁에 두게 할 수 없어 몇 년 내에 데리러 오겠다는 그의 속마음. 그가 말하지 않았어도, 내가 대꾸하지 않았어도, 병든 널 나말고 데려갈 사람이 있겠느냐는 그의 속내를 읽을 수 있었다. 오직 자기만이 병든 나를 보살펴 줄 수 있다는 생각을 그는 여러 해 동안 해 오고 있었다.

하지만 나는 그 일을 가볍게 생각했었다. 서로 잘 통한다고 좋아했을 뿐 그를 이성으로서 헤아리지 못하고 있었다. 내가 받아들일 수 없었던 다른 사람들과 마찬가지로, 그도 좋은 친구로 남게 되리라고 자신했었다. 먼 훗날 빛바랜 사진 속의 그를 보며, 그와 마찬가지로 영원히 늙지 않는 사진 속의 나를 보며, 젊은 날에 읽었던 서정 넘치는 단편소설처럼 기억하게 되기를 바랐다.

그때 난 부모님에겐 무거운 짐이었다. 앞으로도 또 누군가의 짐이 될 수밖에 없는 터에 그의 지게 위에 얹혀지긴 싫었다. 나는 내가 쌓은 성 속에 나를 숨겨 두고, 사람들이 예쁜 성에 사는 고운 사람으로 보아 주기를 기대했던 것 같다. 그 성 안에서 내가 울고 있음을 그에게 보여 주고 싶지 않았다.

　또다른 속물적인 이유도 있다. 사람이 그만하니 그의 주위엔 언제나 꽤 괜찮은 아가씨들이 맴돌고 있음을 우리 중에 모르는 친구는 없었다. 그때만 해도 한국 경제라는 것이 참 형편없어서 밥술깨나 먹는다고 하는 집도 자식을 미국 유학 시킨다는 게 그리 녹녹치는 않았다. 여자들이 따라가서 허드렛일을 하며 학비며 생활비를 보태는 경우가 많았다. 학업 성취란 두뇌와 쏟아 부은 시간의 2차 방정식의 답이다. 쏟아 부을 수 있는 시간은 건강과 돈의 상관계수로 계산해 낼 수 있다. 그가 장학금을 탄다고는 하지만 뒷바라지해 줄 아내가 있으면 더 좋을 터. 그런 점에서 나는 자격미달이라고 생각되었다.

　그는 유망한 학생으로 인정받아 그 곳 학교에 남게 되었고, 스스로에게 약속한 4년보다 조금 빨리 나를 데리러 나왔다. 그는 약속을 지키기 위해, 조금이라도 시간을 단축시키기 위해 살았노라고 했다. 전쟁보다 치열한 삶이었다고 기억했다. 유학생활에서 누릴 수 있는 모든 아름다운 추억들을 깡그리 포기했지만 조금도 아깝지 않다고도 했다. 나에 대해서라면 자기가 나보다 더 잘 안다고 믿어 왔던 그에게 나는, 여태껏 나를 잘못 알고 있었다고 말해 주고 싶었다. 우리들의 만남을 마무리하기 위해 미국으로 돌아가기 전 그가 나를 전등사에 데려갔다. 나는 아름다운 이야기를 들려주었다. 작가도 제목도 잊어버린 일본의 단편소설이다.

　전후 일본에는 모더니즘과 지성을 상징하는 사람들이 있었다.

깃을 세운 바바리 코트가 잘 어울리고 진한 커피 향에 영어 섞인 대화를 할 줄 알아야만 행세할 수 있었다. 그런 주인공이 한 여인을 만나 세상을 다 태울 듯이 사랑했는데 여자는 다른 사랑을 찾아가 버렸다. 주인공은 여자를 학대하기 위하여 시골뜨기와 결혼했지만, 남편이 하늘인 줄 아는 아내와 자신을 빼닮은 아들과 사는 동안, 사랑이란 찰랑찰랑 차오르는 옹달샘 같은 것이라는 걸 깨닫게 되었다. 히비야 공원에서 긴 머리를 바람에 휘날리며 깃세운 바바리 코트를 펄럭이던 그 여인은 그에게 어느 인상 깊었던 영화의 라스트 신으로만 기억되었다. 여인에 대한 절망과 분노가 컸기에 가족에 대한 사랑이 그만큼 깊을 수 있었다는 주인공의 말도 빠뜨리지 않았다.

그는 한국을 아주 떠날 거라고 했지만, 그 말을 난 믿지 않았다. 전등사가 히비야 공원으로 기억되길 지금도 바라고 있다. 눈에 덮인 소나무 숲길은 여전히 푸근하고, 타원형의 반원을 그리며 늘어서 있는 고색창연한 전각들도 고즈넉하니 예전 그대로이고, 성벽도 성문도 옛모습을 지키고 있어 더욱 좋다.

어째서 전등사가 그와 헤어짐의 장소로 선택되었을까? 대웅전 처마 아래서 긴긴 세월 벌거벗겨진 채 지붕을 떠받치고 있는 여인의 고통을, 그녀에게 부어진 목수의 절망과 분노를 알게 하고 싶었을까? 업경대(業鏡台) 앞에 서서 경건하게 자신을 비추어 보라는 것이었을까? 원나라의 영광을 위하여 고려로 시집 보내진 몽골 공주의 옥등(玉燈) 밝히는 마음을 짐작하라는 뜻이었을까?

나는 그의 사랑과 아픔을 외면했다. 그에게 커다란 바위가 되어 나를 짓누르지 말라고 했다. 그가 나를 잘못 짚었듯이 나도 그를 제대로 헤아리지 못했다. 친구의 아이들이 그때의 우리만큼 자라서 어울리며 2대를 이어가고 있는데, 그는 여태도 혼자서 미국에 있다. 똑똑한 바보라고 하던가? 그가 틀림없이 그런 모양이다. 그는 내게 바위가 되지 않으려고 한국을 아주 떠나고 말았지만, 작은 바위의 파편들로 내 마음에 남아 있는 그를 이따금 만나기도 한다. 그가 이별의 장소로 택했던 전등사에서 그를 위해 향 하나를 사르며 옥등 밝히던 그의 마음을 읽는다.

# 너무나 큰
# 당신들의 사랑

이제 나는 울어도 좋다. 울고 있는 자신의 초라함을 차마 보기 어려워하지 않아도 된다. 흐르는 눈물의 아름다움을 자신에게

보여 줄 수 있으니 감격스럽다. 울고 싶을 때가 있다고? 조용히 울어 보라. 울고 싶을 때 울 수 있다는 건 인간이 누리는 축

복인 것을. 나는 잃은 것도 많지만 얻은 것이 그보다 더 많아 슬퍼하지 않을 수 있었다. 그리고 이제 다시 찾은 눈물까지 있

으니 이 작은 행복을 자축한다. 30년만에 다시 찾은 축복이다. 어머니를 닮아 눈물을 모르던 내가 30년 고인 눈물을 흘리고

있는 지금, 나는 아무런 주저 없이 스스로에게 승리의 갈채를 보내고 있다.

# ··· 좌절과 방황 끝에
# 빛을 보다

결혼 후 13년, 자식을 간절히 바라던 집안에 아이가 태어났다. 처음 보는 세상이 두려운 줄을 몰랐던지 아이는 울지 않았고, 그래서 매부터 맞으면서 이 세상을 시작했다. 걸음마를 시작하면서, 말을 배우면서 그 아이의 무한한 가능성이 늘 어른들을 즐겁게 만들었다. 네 살 때부터 한글과 한문을 별 어려움 없이 읽어내어서 주위의 놀라움이 대단했다. 아이가 자라 어린이가 되면서 가능성은 언제나 현실로 이루어졌다.

아이가 소녀라고 불려질 때쯤 아주 작은 변화가 생겼다. 소녀는 자신의 방에 있는 조그만 창을 우주가 보이도록 열어 놓고선, 시공(時空)의 제약을 받지 않는 무한, 무변, 무궁… 그런 것들에 대해 늘 사색하곤 하였다.

    무량을 헤아리는 작은 존재, 함께하기 어려워 보이는 이 두 점 사이의 거리가 너무도 아득하여 소녀는 처음으로 좌절의 체험을 하게 되었다. 몇 년 뒤에야 비로소 유한의 가치와 불가능의 참뜻을 배울 수 있었다. 길어 보였던 좌절과 방황은 작은 발견으로 자리 매김을 했다. 가능과 불가능은 처음부터 둘이 아닌, 다르게 보이는 하나의 모습이라는 것도 알게 되었다. 유(有)와 무(無)의 그 아득해 보이는 거리가 바로 순간의 생각 속에 들어 있음도 어렴풋이 알 수 있었다. 그래서 객관적 사물을 직시할 때 자신의 감정 이입(移入)을 절제하는 기초를 조금이나마 닦아 둘 수 있었다. 긴 병고(病苦)가 있게 되리라는 걸 미리 짐작이나 한 것처럼.

    이렇게 얻어진 작은 발견을 시험해 볼 기회가 아프게 다가왔다. 17살 때, 의사는 실명의 가능성에 대해 말해 주며 그것이 마치 자신의 잘못이기라도 한 듯 미안해 했다. 한국에도 헬렌 켈러 아닌 미 켈러가 하나 나온다면 나쁠 것 없지 않겠냐고 나는 웃어 주었다. 가능과 불가능은 둘이 아님을 믿었기에 17살의 소녀는 그때에도 긍정적이고 자신에 차 있었다. 그래서 물이 반쯤 들어 있는 컵을 보면, 아직도 반이나 남아 있다고 말할 수 있었다.
    실명은 가능에서 현실로 자리를 바꾸었다. 현대 의학의 발달로도 아직까지 고칠 수 없는 병이 더 많다는 사실을 알 수 있었다. 이러한 객관적 사실을 아무런 저항 없이 받아들였다. 억울하다거나 서럽다는 생각이 없었으므로 담담할 수가 있었다. 무한한 가능성을 위한 도전의 기회라고 받아들였다. 내 생명에 주어진 특혜일 수도 있다고 고마워하기로 마음먹었다. 무변의 허공으로 통하는 내 작은 창가에서 도전을 위한 에너지를 받아들였다. 광대한 우주 에너지를 자신의 신념으로 걸러내었다.

치료를 받으러 다니는 4시간 정도를 빼고는 종일 앉아 참선을 했다. 나와 생명의 본질에 대해 명상하였다. 외조부님께 할아버지의 할아버지를 여쭈어 보던 세살바기 아이는 자라서, 그 할아버지의 할아버지를 수도 없이 거슬러 올라간 전 인류의 역사가 있었기에 오늘날 서울 한 모퉁이에 눈먼 자신이 있게 되었음을 알 수 있었다. 천재일우(千載一遇)라는 말로는 다 표현할 수가 없다. 눈이야 보이거나 말거나 생명은 그 자체가 기막히게 귀한 것, 언제나 최선을 다하는 것만이 이 기막히게 얻어진 생명에 대한 의무라고 생각하였다.

나는 우주 속에서 한 점 보이지도 않는 작은 존재이지만, 우주가 지금의 백 배 천 배로 커진다 한들 인식의 주체인 내가 없다면 그 무슨 의미가 있겠는가? 내가 우주 속의 한 점이듯 우주도 작은 내 속에 깃들여 있다. 여기서 '나'란 미영순이라 이름지어진 특정 개체만은 아니다. 네가 나를 부를 때면 내가 바로 너. 나는 하나의 '나' 속에 많은 내가 있음을 알게 되었다.

그래서 난 언제나 웃을 수 있었다. 실명했기 때문에 울어 본 일이라곤 한 번도 없었다. 늘 최선과 최상만을 생각했다. 실명이 곧 좌절이라고는 생각되지 않았다. 깊고 넓은 사유의 세계가 주어졌음을 고마워했다. 잃은 것만큼의 보상이 마련되어 있는 세상의 공평함에 늘 감탄하며 지냈다.

그렇다고 어려움이 전혀 없었던 것은 아니다. 제일 큰 어려움은 부모님을 속이는 일이었다. 그때의 부모들은 요즘의 부모들처럼 자신들의 노후대책이라는 걸 마련할 줄 모르셨다. 자식을 위해서라면 아낄 것, 남길 것이 없으셨다. 그런 부모님께 차마 실명했다고 말씀드릴 수가 없었다. 할 수 있는 일이라곤 참선밖에 없기도 했거니와, 행동을 줄이기 위해서라도 참선만 해야 했다. 화장실에 가느라 더듬거리는 꼴이 행여 눈에 띌까 물도 새모이마냥 마셨다. 한두 달이 지나는 사이 어머니께서 눈치채신 듯하였지만 차마 당신 입으로 확인하시지는 못했다. 어머니와 딸은 서로 모르는 것처럼 그냥 그렇게 지낼 수밖에 없었다.

삼양동 골짜기 빨랫골이라는 개울물이 좋던 곳에 임마뉴엘이라는 여맹원이 있었다. 원장님을 찾아 뵙고 점자 배우기를 청하니, 당신도 스물을 넘긴 뒤에 실명했다며 선뜻 맞아 주셨다. 어머니께서 의심하실까봐 병원에서 돌아오는 길에 들러 10분 남짓 배웠다. 돌이 많은 산비탈을 더듬으며 다녀오자면 온몸이 흥건하게 젖곤 했다. 점자판을 찍을 때 종이 뚫어지는 소리가 머릿속에선 우레가 되어 울렸다. 밤에는 이불을 뒤집어쓰고 연습했고, 낮에는 행여 어머니께 들킬세라 점자판을 배에 차고 살았다.

여맹원엔 별로 읽을거리가 없어 북창동에 있다는 점자도서실을 찾았다. 먹고 살 만한 맹인의 개인 서재쯤이라고 말하면 좋을까? 안마술에 관한 책과 소설 몇 가지가 고작이었다. 부모님 몰래 어렵게 배운 점자를 쓸 데가 없다니, 허탈감이라는 게 그런 것일 줄이야…. 쓸모없게 된 점자판은 내 의지의 표상이 되어 얼마 전까지도 책상 서랍 속에 간직되어 있었다.

잃음의 시간이 길어지면서 얻음의 종류도 많아졌다. 그러나 기쁨이었다고 말하기는 어려울 것 같다. 다른 감각들이 매우 발달되었다. 방에 앉아 있어도 버스에서 내리시는 어머니를 느낄 수 있었다. 정상인이 알 수 없는 것들을 감지할 수도 있었다. 정상인의 가시범위는 대단한 게 못 된다. 나는 그들과 좀 다른 파장의 가시광선을 갖게 되었다고 하면 옳을 것 같다. 새로 얻은 기능을 개발하기로 했다. 눈이 아니고 정신을 통하여 사물을 보는 법을 터득하고 싶었다. 그러는 사이 시력이 조금씩 회복되기 시작하였다. 실명 6개월 만의 일이다. 무엇을 어찌 해서 그리 되었는지는 아무도 모른다.

사람이 살아가는 동안 슬픔이나 어려움이 많겠지만 기쁨 또한 꼭 그만큼은 있게 마련인 모양이다. 맹인으로서의 삶을 준비하던 차에, 정신으로 사물을 보는 법을 채 터득하기 전에 다시 눈으로 세상의 모든 것들을 볼 수 있게 되었다.

이걸 단순히 기쁨이라고 말해 버리면 그 의미가 너무 작아지고 만다. 언어나 문자의 차원을 훨씬 벗어나는 그런 경지다. 길가에서 뒹구는 돌멩이도 소중하고, 바람에 쓸려 가는 휴지 조각도 아름다웠다. 내 발등을 밟고 가는 사람이 좀 심술궂게 생겼기로 무슨 대수이겠는가. 꿈틀대는 지렁이도 따가운 가시풀도 모두 축복으로 보였다. 글을 막 배우기 시작한 아이처럼 눈에 보이는 글자란 글자는 모두 읽으면서 돌아다녔다. 꽤 오랫동안….

시력을 회복하는 속도는 굼벵이를 닮았다. 보이지 않는 것은 아니면서 그렇다고 제대로 보이는 것도 아닌 상태가 아주 여러 해 계속되었다. 환희의 뒷자락엔 아픔이 다양하게 준비되어 있었다. 아주 여러 번 어떤 한계점에서 의지를 점검해 보아야 했다.

60년대에는 KI라는 물약을 복용했다. 그 약은 위벽을 몹시 상하게 했다. 쓰린 위를 붙잡고 허리를 펴지 못한 채 종일 쩔쩔매며 지내야 했다. 한 시간이 멀다 하고 무엇인가를 먹어야 했고, 한 번에 두세 숟가락 이상은 삼키지도 못했다. 무엇이라도 먹었는가 싶으면 등을 두드리고 배를 쓸어 주어 소화를 거들어야만 했다. 70년대에 들어와 부신 피질 호르몬계의 약을 쓰면서는 모세혈관이 확장되어 소슬바람만 스쳐도 얼굴, 귀, 목까지 새빨개져서 보는 사람이 민망하다 못해 참혹하다고 말할 정도였다. 붓다가 살

찌고 살찐 뒤에 다시 붓고, 한동안 참 대단했었다.

데포메드롤이라는 약이 나와 눈 흰자위에 주사를 맞아야 했을 때는 마취가 잘 되지 않아 무척 애를 먹었다. 눈에 주사바늘이 꽂힐 때면 온몸에 수백만 개의 바늘이 꽂히는 것 같았다. 근육 주사처럼 빨리 찔러 넣는 것도 아니고, 눈동자가 조금이라도 움직여져서는 안 되었다. 헐크로 된 '두 얼굴의 사나이'가 마구 질러대는 비명을 생각하곤 했다. 차라리 죽음이 낫겠다 싶은 아픔을 겪었기에 지금도 난 안락사 제도를 지지한다.

2, 3년 정도도 아니고 10, 20년 동안 약을 먹고, 넣고, 바르고, 주사 맞고… 그러는 동안 몸은 오히려 그 약으로 인해 망가져가고 있었다. 부작용으로 생긴 병으로 인한 약과 치료가 별도로 필요해지는 악순환이었다. 이러다가 기네스북에 오르겠다는 생각도 여러 번 했었다. 몽둥이 같은 침, 주걱같이 생긴 침을 맞으면서 살이 째지고 피를 쏟아 내기도 하였다. 탕약이라는 이름으로 나뭇잎, 풀뿌리, 열매껍질, 나는 것, 기는 것, 굴러 다니는 것까지 별별 것을 다 먹어 보았다. 심지어 어미 쥐 뱃속에서 꺼낸 아홉 마리의 새끼 쥐도 먹었다. 내 몸의 일부를 고쳐 보겠다고 열 목숨을 통째로 뺏어 버린 것이다.

눈에 보이는 아픔은 그리 대수로운 것이 못 되는 것 같다. 이모두를 상쇄하고도 남을 만한 환희를 경험하였으니까. 보이지 않는 것들을 마음으로 보고 그 소중함을 절절히 느끼는 일은 정상

인으로선 짐작하기 어려운 노릇. 그러나 겪어야 할 아픔의 종류
가 너무나 다양했고, 아픔의 시간 또한 너무도 길었다.

1년 여를 치료받고 복학하여 후배들과 동급생이 되었다. 하필
고3 교실이 꼭대기 층에 있었다. 무심코 교실 문을 열다가 후배들
이 보이길래 계면쩍어 얼른 문을 닫고 다시 한 층을 더 올라가 문
을 드르륵 열었다. 옥상의 그늘진 곳에 있던 잔설이 나를 덮쳤고,
내 마음은 아주 깊은 곳에서부터 얼어붙고 말았다.

교실에서 후배들이 어제까지의 선배에게 갑자기 반말하기가
멋쩍어 쭈빗거리고 있을 때, 초등학교 때부터의 후배가 총대를
멨다. "얘, 영순아!" 난 갑자기 현기증을 느꼈다. 낙오되었다는 현
실이 비수가 되어 가슴 깊숙이 꽂혔다. 나는 지금도 과제를 못 마
치고 잠이 들게 되면 이른 새벽에 "얘, 영순아!" 하는 소리에 놀라
깨어나곤 한다.

우리 집엔 식구가 셋뿐이어서 웃고 떠드는 건 언제나 내 몫이
었다. 매일 저녁 부모님을 위하여 펼치는 명랑극장 형제가 하나
만 더 있었더라도 나는 지금과는 사뭇 다른 모습이 되었을 것이
다. 가끔은 울기도 하면서 자신의 감정에 보다 충실했을지 모를
일이다.

나는 현실을 극복해야 한다는 것만 알았지, 현실에 맞추기도
해야 한다는 건 꿈에도 생각하지 않았었다. 그래서 갈 수 있는 대

학을 택하지 않고, 가고 싶은 대학에 원서를 냈다. 연습 삼아 시도 해 본다는 마음가짐이었지만, 다시 1년이 지났어도 시력은 더 나 아지지 않았다.

게다가 예비고사라는 새로운 입시제도가 생겨났다. 내가 체험 한 최초의 구체적인 좌절이었다. 그 기억 때문일까. 지금도 이화 동을 지나게 되면 가슴 한구석이 몹시 아려온다. 병원에서 주는 약은 내가 충분히 잠자도록 조제되어 있었다. 그러나 낙오에 대 한 자각이 항상 나를 긴장시켰다.

"네가 지금 이렇게 잠자고 있을 때냐?" 누구의 목소리인지는 알 수 없지만 귀에 익숙한 소리가 자주 나를 깨웠다. 근심스러운 얼굴로 나를 지켜보고 있는 할아버지도 이따금씩 만났다. 환청과 환시가 심각한 것 같아 정신과 의사로 있는 선배를 두어 번 찾아 갔다. 그는 나에게 쉴새없이 말을 시켰다. 자신의 일을 남에게 풀 어내고 있다는 것에 자존심이 상해서, 풀어내야 할 것을 지니고 있는 자신이 딱하게 생각되어서, 정신과에 자주 다녔다간 정말로 미치고 말 것 같아서 혼자의 힘으로 생각을 고쳐서 해결했다.

내 생명의 에너지는 가능성에 대한 신념으로부터 마르지 않는 샘처럼 솟아 나왔다. 언제나 누구보다 당당했고, 늘 즐거운 나를 연출하는 데에 실수란 없었다. 시간이 좀 걸렸을 뿐이다. 시간이 란 인간들이 편의상 만들어 낸 약속 부호일 뿐이라는 걸 잘 알면

158

서도, 낙오의 횟수가 자꾸만 보태지면서 시간도 점점 그 무게를 더해 나를 옥죄었다. 보이지 않는 상심이 어쩔 수 없이 커지고 있었다. 남들과 담소할 때 내 눈이 화젯거리로 등장하는 일도 종종 생겼다. 그들에게 조금도 악의가 없다는 걸 잘 알면서도 나의 대답엔 때로 위악이 묻어나기도 했다.

이 무렵엔 교정 시력이 0.4 정도로 회복되었다. 물론 보통 사람들의 0.4와는 달랐다. 비 오는 날 흙탕물을 뒤집어 쓴 자동차의 유리창, 뿌옇게 흐려 있고 군데군데 크고 작은 흙덩이도 달라붙어 있는 그런 창으로 내다보는 0.4라면 설명이 될까? 배구공을 가져다 주면 축구공으로 짐작하는 그런 0.4이다. 책 한 페이지를 읽기 위해 열 번도 더 쉬어야 하지만 그래도 열심히 배우고 읽었다. 의사는 나무랐지만, 밥벌레가 되는 것과는 비교도 할 수 없는 행복이었다.

아무 일도 하지 않고 푹 쉬고 싶은 때가 가끔 있다고? 10년이 다 되도록 아무 일도 할 수가 없어서 오로지 푹 쉬기만 한 사람을 생각해 보라. 그건 지독한 고문이었다. 무언가 하고 싶을 때 그 무엇을 할 수 있다는 건 감동이라 불러도 좋을 것 같다. 그런 감동을 스스로 만들어 내고 싶었다. 머리가 녹스는 소리를 더 이상 들을 수가 없었다.

무엇이든 닥치는 대로 배웠다. 가야금, 장고, 단소, 시조, 한국무용, 한국요리, 꽃꽂이, 타이핑, 영어 회화 등등. 나를 위해 커다란 모조지에 따로 악보를 그려 주시던 선생님을 지금도 잊지 못한다. 더 이상 놀고 있을 수 없어 배운 것들이지만, 옛사람들의 예지와 철학을 함께 배울 수 있어 내게는 커다란 도움이 되었다.

산조를 알고 있는가? 서리서리 맺힌 한을 예술로 승화시켜 구비구비 풀어 낸다. 시조를 들어 보았는가? 노래가 아니다. 일상의 체험이 목을 울리어 쏟아 내는 철학이다. 승무를 보았는가? 통곡으로는 녹지 않는 응어리를 무한 허공으로 실어내는 오열이다. 아픔이나 슬픔이 나만의 것은 아니었다. 모두들 그렇게 아픔을 겪으면서 더 높은 정신 세계를 추구해 온 것이다.

# 30년 만에
## 다시 찾은 눈물

    따끈한 차 한 잔에 아카시아 향기가 녹아 들던 어느 아침 나절, 가구를 다 들어낸 텅 빈 방 안에 홀로 있으니 허전하기만 했다. 조심스레 거울 앞으로 다가갔다. 머리가 아프지 않아서 이상하고 두려웠다. 병이 난 후론 머리가 깨질 듯이 눈이 아팠고, 그렇게까진 아닐 때도 늘 머리가 묵직해서 어느새 아픈 것에 아주 잘 길들여져 있었다. 갑자기 머리가 가벼워지니 오히려 불안하기까지 했다. 지금도 일주일에 2, 3일은 머리가 아프고, 한 달에 서너 번쯤은 머리가 휑하게 빈 듯한 증상이 남아 있다.

    친구들이 대학 강단에 설 때쯤엔 이 모든 것에 너무 익숙해져서 주위에서나 스스로 내가 환자라는 걸 아예 잊고 살게끔 되었다. 언제나 즐거운 종다리로 보이기 위하여 필요했던 연출도 완

전 자동으로 바뀌어져 있었다.

언제부터인지는 알 수 없지만 간절한 소망이 하나 생겼다. 누구의 눈치 볼 것 없이, 아니 바로 나 자신의 눈치를 보지 않고 석 달 열흘만 펑펑 울고 싶다는 것이었다. 한 여름 밤, 세상이 떠나가라 울어대는 개구리가 그렇게 부러울 수가 없었다.

햇살이 따사로운 봄날, 달빛 고운 가을 밤에 말뜻 그대로 가슴이 아파왔다. 쓰리고 에이고 명치 끝이 저미는 그런 아픔. 늘 터무니없어 보일 정도로 당당함과 자신감이 있었음에도, 가능성에 대한 신념이 확고했음에도, 이따금 목에서 피비린내가 느껴지곤 했다. 억장이 무너지는 소리가 들리는 듯도 했다.

하지만 나의 의지는 감정을 절제하는 데에 거의 언제나 성공을 거두었다. 깊은 절망도, 격렬한 분노도, 처절한 비탄도 없었다. 언제나 최선을 다하는 자신을 사랑했다. 모노드라마 속의 나를 감상하며, '안으로만 번지는 잔잔한 피멍'이라 제목 붙인 드라마를 쓰고, 연출 주연에 평론까지 빠트리지 않았다. 그러나 의지로는 제어되지 않는, 감정 이상의 것이 있었다. 난 그걸 영혼이라고 부르고 싶다.

우주를 향해 열려 있는 내 작은 창가에서 아메바처럼 흐느적거리며 천천히 멀어져 가는 영혼을 멀거니 바라보기도 했었다. 내 생명에 대한 의무를 다하지 못한 채, 그렇게 도태되고 있는 나의 모습이었다. 망연자실. 쓰리다느니 서럽다느니 하는 그런 감정이 아니었다. 의지도 감정도 그 이입이 차단되어 있는, 아픔이라는 건 태초부터 있지도 않았을 그냥 그렇게 덤덤한 세계인 듯 보였다. 그래서 난 영의 세계를 부정하지 못한다.

드디어 나의 삶에서 두 번째 길로 접어들게 되었다. 1973년에 방송통신대학의 직원을 알게 되어 그의 도움으로 다시 학교 공부를 시작할 수 있었다. 5개 학과밖에 없는 2년제 대학이었다. 강의 녹음을 전담하신 아버지께서는 시간을 놓칠세라 새벽잠을 설치시곤 했다. 교재를 읽어 주는 아르바이트 학생의 도움도 있었다. 시험 때에는 창가에 따로 자리를 마련해 주거나 전기 램프를 준비해 주는 등 학교의 배려도 컸다. 겨울에는 8교시를 마치고 나면 캄캄해진다. 급우들은 나의 귀가를 도와주기 위해 번갈아 당번 서기를 주저하지 않았다.

이렇듯 참으로 여러 사람들의 노력과 도움으로 졸업식에서 메달을 목에 걸 수 있었다. 보람 있는 일들을 여러 번 해 보았지만, 나 스스로 가장 자랑스럽게 여기고 있는 일등이었다. 내 가능성에 대한 재확인이었기 때문이다. 모두들 축하해 주었고, 부모님께서도 활짝 웃으셨다. 그러나 난 알고 있었다. 기쁨 아래 가리워진 두 분의 한을, 마디마디에 맺힌 진한 아픔을.

방송통신대학을 졸업한 후 편입하기로 결심했다. 집에서 가까운 고려대학교와 국민대학교 중에서 장학금이 많은 국민대학교를 택하였다. 교정시력이 0.4에서 0.7 사이를 유지해 주었고, 욕심껏 공부할 수 있어 행복했다. 장애가 있어 소극적이던 학생이 나에게서 적극성을 배웠노라고 했다. 때를 놓치고 늦게야 공부하게 된 학생들은 나를 보며 용기를 얻는다고도 했다. 강의 듣기와 시험 치르기 말고는 무엇 하나 나 혼자서 할 필요가 없을 정도로 모두들 열심히 도와주었다. 등록 한 번, 수강 신청 한 번을 직접 해 본 적 없이 대학을 마쳤다. 교수님들이 먼저 손을 흔들어 인사하셔야 겨우 답례해 드렸던 것이 늘 죄송스러웠다.

재미난 에피소드 하나. 학교에서 몇 명이 함께 쓸 수 있는 공부방을 주어 그곳에서 공부하다가 밤 10시가 되면 귀가했다. 8번 버스를 타야 하는데, 늦은 시각이라 내리는 사람이 없으면 손을 흔들어야만 차를 세워 주었다. 나는 '8'이라고 쓴 티켓을 사용하기로 했다. 멀리서 버스 오는 소리가 들리면 티켓을 흔들었다. 처음에는 영문을 몰라하던 기사 아저씨들이 하나둘 알고 버스를 세워 주었다. 8번 버스 종점 기사아저씨들 사이에서 꽤 오랫동안 이야깃거리가 되었던 모양이었다.

딸의 가능성을 신앙처럼 여기던 아버지께서 그 딸이 가능성의 실마리를 미처 풀어 보기도 전에 세상을 뜨셨다. 철이 든 후 처음으로 목놓아 울었다. 육친의 사별에서 오는 슬픔만은 아니었다. 아침 저녁 내게 약을 챙겨 먹이는 일은 아버지 몫이었다.

"내가 죽으려 해도 네가 약
을 제대로 못 먹을까봐 죽지도
못하겠다"고 하시던 아버지께
서는 약을 제때에 잊지 말고 먹
으라는 말씀을 유언처럼 남기셨
다. 마지막까지 불효한 나.

아버지 별세 2주기가 가까워
올 무렵, 대만으로 유학을 떠나
게 되었다. 학교의 주선으로 유
학이 결정되었다. 정말로 열심
히 공부했다. 두 번 다시 그때처
럼 열심히 할 자신은 없다. 부모

대만 유학시 신강성 여행중 중국 전통복장을 하고···

님께 속죄하기 위해서라도 열심히 공부해야만 했고, 별난 적극성
과 자신감이 늘 나를 지켜주었다. 몇 번의 어려움이 없진 않았지
만, 스스로 평가하건대 만족할 만한 유학 생활이었다.

눈은 내 가능성에 대한 시험을 아직도 마무리하지 않은 듯했
다. 박사 논문을 70퍼센트쯤 써 놓았을 때, 안압이 너무 올라서
앉아 있기도 서 있기도 힘들었다. 눈 속의 혈관이 다 터져 버리겠
다고 의사가 걱정을 했다. 반 년 이상 머리가 금방이라도 폭발할
것 같은 위험 상태가 지속되었다.

의사가 모르핀을 달라면 주겠노라고 몇 번인가 물어왔지만 난

진통제 한 알 먹지 않고 버티어 냈다. 누워 있을 수조차 없을 만큼 머리가 아프면 여기저기 마구 쏘다녔다. 덕분에 유학생치고는 대만의 구석구석을 제법 많이 알게 되었다. 이번에도 그 알 수 없는 자신감으로 잘 이겨낼 수 있었다. 또다시 머리가 그때처럼 아파진다면 수명이 많이 단축될지도 모르겠다. 나는 대여섯 바늘 정도는 마취 없이 꿰매면서도 눈썹 몇 번 실룩대는 걸로 끝낸다. 사람이 너무 독하면 매력이 없다고 의사가 놀리기도 했지만, 나에게 그 정도는 아픈 축에도 끼지 못하는 것을 어쩌리.

지도 교수의 아쉬움이 컸지만 논문을 대충 끝내는 수밖에 없었다. 눈의 상태를 내 입으로 직접 말씀드렸다. 일생 일대의 걸작까지는 아니더라도 꽤 남을 만한 논문을 써 보겠다는 야심이 없지는 않았으나 또 하나의 좌절로 남고 말았다. 나는 석사 논문을 부모님께 바치지 않았다. 흡족하실 만한 박사 논문을 받으시라는 뜻이었다. 내가 맨 처음으로 행한 현실과의 타협. 나는 눈의 사정에 맞추어 간신히 통과할 수 있을 만큼만 썼고, 도저히 만족할 수 없는 그 논문 때문에 가슴 아팠다.

난 박사학위까지 있는 고학력자들의 실업이 사회 문제화될 때에 자리를 정해 놓고 귀국하는 행운을 얻을 수 있었다. 지금 나는 모두에게 모든 것을 감사드리며, 그동안 내가 받았던 모든 것을 환원하려고 생각하고 있다. 도태되어 가는 자신을 속절없이 바라

보아야 했던 그 초라한 모습을, 3막 연극의 2막 끝 장면쯤으로 기억해 두련다. 나는 지금 열심히 치료받고 있다. 언젠가 남에게 줄 몸이라면 조금이라도 더 고쳐서 넘겨야 할 것 같아서다.

지난해, 목련 꽃이 다 저버리고 햇살이 곱던 어느 일요일이었다. 모차르트와 차 한 잔이 주는 축복에 살며시 젖어 들고 있던 나는 문득 눈에서 눈물이 흐르고 있음을 알았다.

곱디고운 선율 속에 깔린 슬픔이, 그 폭발하지 않고 절제된 내면의 아픔이 눈물이 되어 녹아 내렸던가 보다. 뇌세포 하나하나에 맺혀 있던 울음이 그 무게를 이기지 못하여 그만 흘러내리고 있었다. 그 눈물을, 할 수만 있다면 예쁜 유리병에 담아 간직하고 싶었다. 30년 만에 다시 찾은 축복이 아니던가.

이제 나는 울어도 좋다. 울고 있는 자신의 초라함을 차마 보기 어려워하지 않아도 된다. 흐르는 눈물의 아름다움을 자신에게 보여 줄 수 있으니 감격스럽다.

울고 싶을 때가 있다고? 조용히 울어 보라. 울고 싶을 때 울 수 있다는 건 인간이 누리는 축복인 것을. 나는 잃은 것도 많지만 얻은 것이 그보다 더 많아 슬퍼하지 않을 수 있었다. 그리고 이제 다시 찾은 눈물까지 있으니 이 작은 행복을 자축한다. 30년 고인 눈물을 흘리고 있는 지금 나는 아무런 주저 없이 스스로에게 승리의 갈채를 보내고 있다.

# ···토끼인 줄 알았으면
## 그만이지

1948년 봄, 헐벗고 혼란스러운 이 땅에서 나는 세상을 구경하게 되었다. 걸음마를 할 때는 전쟁 중이라 찌그러진 탱크 위의 멋진 장군으로 돌아다녔다. 그때의 부모들로서는 풀뿌리건 꽁보리밥이건 자식의 배를 곯리지 않는 것만으로도 훌륭했다.

'교육'이라는 말이 있는지 없는지 관심조차 희미하던 시절, 나는 일찍 깨치신 부모님 덕분에 집에서 조기교육이라는 걸 받는 행운을 누렸다. 한글과 셈본, 천자문 등을 배웠다. 그래서 만 6세라는 학령을 기다리지 않고 두어 달 앞당겨서 초등학교에 입학해 버렸다. 10살을 넘기고서야 겨우 학생이 된 아이들도 더러 있어 아기 티를 못 벗은 나를 업어주곤 했다.

어머니께서 내게 베푸신 사랑과 정성에 대해 '감사'라는 말

정도로밖에 표현할 수 없다는 게 안타깝다.

　초등학교 입학 후, 나는 선생님의 유능한 조교로서 학습부진인 친구들을 집에 데려다가 과외공부를 시키기도 했다. 다른 반선생님들께서 이따금 내가 듣는 앞에서, "이 선생님은 복도 많으셔"라고 부러워하기도 했는데, 이를 안 어머니께서는 그 선생님들께 우리 아이를 칭찬하지 마십사고 당부하셨다. 칭찬으로 북돋아 주어야 하는 아이도 있지만 나처럼 칭찬을 아껴야만 하는 아이도 있다고. 지금도 이 부분을 어머니께 두고두고 감사드린다. 오만이 넘치는 사람이 안 되게 해주셨기에….

　평준화라는 말이 생겨나기 전에는 학교에도 품질을 보증하는 KS라는 것이 있었다. 서울이라면 무슨무슨 중학교와 고등학교가 그 품질을 보증받았다. 중학교 1학년, 아이보다 먼저 자라 버린 듯한 헐렁한 교복을 입고서 솜털이 보송보송한 얼굴에 애 티를 졸졸 흘리며 다녔다. 그래도 중학생 행세에 기분만은 좋았다. 학교에서 지능검사를 했고, 몇몇 아이들을 추려서 재검사를 한다고 했다. 나는 어머니의 반대로 재검사를 받지 못했다.

　내가 이 시원치 못한 눈으로 박사 학위를 받았다고 지능지수를 물어 보는 이가 가끔씩 있지만, 난 지금도 내 지능지수를 모른다.

　"거북이에게 뒤지지 않으려면 토끼라도 뛰어야 하는 법, 토끼인 줄을 알았으면 그만이지, 거북이보다 다리가 얼마나 더 긴지는 알아서 무엇에 쓰겠느냐?" 는 어머니의 단호한 말씀.

언젠가 뛰어난 신동이 이 땅을 깜짝 놀라게 한 일이 있었다. 그 신동이 학교 공부에 실패하였다고 하여 세상이 다시 한 번 놀랐다. 지금은 남의 나라 교육학 교재 속에 기록되어 잘못된 천재 교육의 문제점을 가르치고 있다. 자신이 천재임을 알고 나서 남들이 쉽게 따라오지 못한다고 확신해 버리면 발전은 멈추어지고 뒷걸음질까지 치게 되는 모양이다. 토끼라고 해도 넋 빼고 앉아 있다간 거북이에게조차 추월당하고 만다는 걸 일찍부터 일깨워 주신 어머니께 지금에서야 머리 숙여 감사드리고 있다.

느림보 거북이라고 얕잡아 볼 일이 결코 아님을 안다. 토끼가 딴전을 피우는 동안 느리지만 부지런한 거북이가 앞지를 수 있다. 마음만 먹으면 까짓 거북이쯤이야 눈감고도 따라잡을 수 있다고 여기겠지만, 거북이가 결승점에서 지르는 만세 소리를 듣고서야 정신을 차리는 토끼가 제법 많다. 나를 정확하게 이해하셨던 어머니의 가르침이 없었다면 나는 지금쯤 방정맞은 토끼가 되어 촐싹거리며 다리 짧은 거북이나 골려 주는 못난이가 되고 말았을 것이다.

다리가 긴 토끼는 달리기를 할 때 거북이가 쓰는 힘의 반만으로도 너끈할 것이다. 이 기막힌 축복을 고마워할 줄 안다면 더욱더 열심히 뛰어 긴 다리를 부끄럽게 만들지 말아야 한다고 어머니께선 가르치셨다. 힘들어 하는 거북이를 업어 줄 수도 있는 마

음이야말로 자신의 긴 다리를 가장 보람되게 만들 것이라고도 가
르치셨다.

그러나 나는 아직도 어머니께서 가르치신 만큼 열심히 뛰는
토끼가 되지 못했다. 다리가 길어서 떳떳할 수 있는 토끼 축에는
끼기 어려운 자신이 부끄러워 지금 나는 어머니께 송구한 마음에
목이 메인다. 부처님 전에 향 사르고 어머니께 바치며 향연(香煙)
의 참뜻에 울음 삼킨다.

# ···떠나 보내지 못한
# 곰인형

젊은이들이 알뜰 바자를 한다고 옷가지를 모으고 있다.

난 어쩌나? 물건 사러 다니기와 미장원 가기는 유달리 질색이다. 신발이야 맞지 않으면 끌고 다니기가 어려우니 어쩔 수 없이 직접 사서 신지만, 옷은 사다 주는 대로 생기는 대로 대충 걸치고 산다. 크면 큰 듯하게, 복잡하면 뜯어내 버리고 입는다. 다행히도 사람이 아담해 작아서 입지 못할 옷은 없는 것 같다. 저런 사람이 어째서 짝꿍은 대충 맞추지 못하는지 모르겠다고 놀리는 이도 더러 있다.

이쯤 되고 보니 마음에 들지 않아 입기 싫어진 옷이라곤 있을 리 없다. 가지고 있는 옷마다 연륜이 쌓여 알뜰 바자라고 해도 살림살이를 함부로 내놓을 순 없다. 무언가 보태 주긴 해야겠는데···. 궁리 끝에 책 몇 권과 대만, 중국의 기념품 중에서 몇 가지를 내놓기로 작정했다.

화장대 위에선 장난질치는 팬더 곰 자매가 샐샐 웃으며 나를 빤히 올려다보고 있다. 까만 눈자위와 반질거리는 코끝으로 장난기를 흘리고 있다. 요놈들을 보고 있노라면 나도 슬그머니 장난기가 발동한다. 몇년 전 상하이(上海)에서 요놈들을 사 왔는데 바자에 보낼까 하고 집어 들었다. 들었다가 도로 제자리에 내려놓고 이러기를 몇 번, 나는 끝내 곰 자매를 떠나 보내지 못했다.

곰 인형에 대해 나는 각별한 애정을 갖고 있다. 내가 기억할 수 있는 것보다 훨씬 오래 전부터 나에게는 커다란 곰 인형이 있었다. 동네 어귀에 있는 찌그러진 탱크 위에서 전쟁놀이를 하던 시절, 인형이 귀해 다른 아이들이 베개를 업어 줄 때 나는 곰 인형을 재웠다. 전쟁이 한창이던 그때 어머니는 피난민에게 보리 두 되를 퍼주고 그것과 바꾸셨다고 했다. '메이드 인 유에스에이' 아마도 미군 부대에서 흘러나왔으리라. 봉제완구라는 게 있을 리 없던 전쟁통에 엄청난 소품이었으리라.

부모님께서는 해방 후 공산주의를 피해 함경북도 경성에서 월남하셨다. 인민군이 서울을 점령했을 때 편찮으셨던 아버지께선 마룻장 밑에서 가쁜 숨을 몰아 쉬셨노라 했다. 진한 함경도 사투리의 어머니는 '악질 반동반자'였을 터이니 서울에 남은 누구보다도 위태로우셨을 게 뻔했다.

블라디보스토크에서 태어나셨고 월남하시기 전에 소련군 사령관에게 통역도 하셨던 어머니인 만큼 신분이 드러났다간 큰일날 터…. 이런 풍전등화 속에서 나에게 장난감을 마련해 주신 것이었다. 피보다 더 귀했을 양식을 퍼 주고서.

나에게 베푼 부모님의 교육을 돌이켜 생각해 보면 오로지 강인한 아이로 키우는 데에 모아졌던 것 같다. 연고라고는 전혀 없는 이남에서 고아가 되더라도 질기게 살아 남을 수 있도록 가르치려 하셨다.

5살 꼬맹이 때 나는 최전선의 군대 막사에서 입영훈련(?)을 받은 적도 있다. 철모에 물을 받아 세수할 때 아무도 도와주지 못하게 하여 이리 뒤뚱 저리 뒤뚱 하며 질질 흘러내리는 물에 옷과 발을 죄 적시기도 했다. 6살 땐 백령도의 낯선 집에서 부모님과 떨어져 하룻밤을 보내기도 했고, 9살 때엔 절해고도에서 3시간을 혼자 버티기도 했다. 정말로 아무도 없는 곳에서 중학생이 되고 나서는 공기총을 가지고 사격을 배우기 시작했다.

1910년대 초에 태어나 한반도, 중국, 러시아 등지에서 생사를 넘나들며 살아오신 탓이었을까? 총알이 날고 포탄이 터지던 생사 갈림의 현장에서 나에게 곰 인형을 사 주신 것이다. 내일 지구가 멸망한다 해도 오늘 한 그루의 사과나무를 심겠다던 사람이 있었다. 죽음이 눈 앞에서 어른거릴 때 어린 딸에게 장난감을 마련해 주신 나의 어머니를 나는 그 사람보다 더 존경한다.

그 곰인형은 내가 고등학생이 되도록 책상 위에서 나와 함께했다. 털이 모두 드러누워 반질반질해졌고, 코끝의 털도 듬성듬성 빠져버려 할아버지 곰으로 변할 때까지 나의 아픔을 지켜보았다.

어느 날, 광주리며 대자리를 잔뜩 이고 온 아낙이 젖먹이를 등에 업고 우리 집엘 들렀다. 종일을 굶었다는 아이 엄마가 찬밥을 허겁지겁 먹어대는 동안 나는 코를 찔찔 흘리는 젖먹이와 곰인형을 갖고 놀았다. 어린것이 곰 인형을 놓지 않겠다고 울어대는 통에 할 수 없이 딸려 보냈다. 그때는 별로 서운한 줄도 몰랐다.

세월이 흘러 어머니께서 돌아가신 뒤, 장난감 가게를 지나게 되면 보이지 않는 눈으로 곰인형을 더듬는 버릇이 생겼다. 어머니의 깊은 사랑을 떠올리게 하는 곰인형이기에….

# 정당방위와
# 과잉방어

　오가다 싸움질하는 걸 보면 떠오르는 얼굴이 하나 있다. 박박 깎은 머리에 새카맣고 조그마하니 댕그란 얼굴의 사내아이. 콧물이 허옇게 말라붙은 위로 다시 누렇게 흐르는 콧물, 쬐그만 입은 모질게 앙다물려 있다가도 싸우느라 악을 쓸 때면 목구멍이 훤히 보이게 벌어졌다.

　초등학교 2학년이라는데 5살인 나보다 몸집이 작았다. 새로 이사 온 못생긴 아이가 오던 날부터 싸움질을 하더니, 못해도 두어 번은 싸워야 하루 해를 넘겼다. 물어뜯고 할퀴고 걷어차고, 제 얼굴에 피가 나도 우는 법이라곤 없었다. 남에게 얻어터지고 들어갔다간 제 어머니가 더 호되게 패 준다는 소문이 있었다.

　우리 골목 조무래기들은 대개 나보다 서너 살이 많았지만 내가 키도 크고 먼 발 뛰기, 땅 따먹기, 자치기 따위를 잘해서 늘 끼워 주었다. 그래도 나는 집 마당에서 놀 때가 많았다. 오랫동안 고무줄도 할 수 있었고 그네도 있었다. 아이들도 꽃이 많은 우리 집 마당에서 놀기를 좋아해서 내가 골목에 나가 노는 일이 별로 없었지만, 골목에는 우리 집에 없는 것들이 있어 늘 눈독을 들이고 있었다.

가는 통나무를 자로 마주 세운 철봉에서 저녁 나절이면 키 큰 오빠들이 멋지게 놀곤 했다. 골목에 아무도 없을 때 나도 그 오빠들처럼 빙빙 돌아 보려는데 매달리는 것부터가 문제였다. 천신만고 끝에 철봉에 올라가는 데 성공을 했지만 무서워서 옴짝달싹할 수가 없었다. 간신히 올라앉기는 했는데 몸의 중심이 잡히질 않아 금방이라도 떨어질 것만 같았다.

더 버틸 기운도 없어 곧 떨어질 것만 같은데 며칠 전에 새로 이사 온 그 못된 아이가 졸랑졸랑 다가왔다. 계집애가 왜 철봉에 올라갔냐며 다짜고짜 들고 있던 팽이채로 내 다리를 후려쳤다. 초겨울쯤의 그때, 나는 작아진 모본단 치마의 꼬리를 붙여 만든 깡통치마를 입고 있었고, 뚫어진 아버지 양말을 줄여서 만든 털 스타킹을 신고 있었다. 언 다리를 팽이채로 맞았으니 얼마나 아팠으랴. 떨어지지 않으려고 독이 올라 있던 나는 악까지 받쳐서 그 못된 놈 위로 뛰어내렸다. 쓰러진 놈을 깔고 앉아 뺏어 든 팽이채로 아무데나 사정없이 내리쳤다. 그 아이 울음소리로 동네가 떠나갈 정도였다.

　그때 누군가 내 팔을 붙잡았다. 어른들이 나와 계셨고 그 못된 놈의 어머니도 오셨다. 나는 분이 풀리지 않아 나의 정당함을 강변했다. 옆집 아줌마가 우리 어머니를 모셔왔다. 어머니께 자초지종을 말씀드리고 저 아이는 한참을 더 맞아야만 한다고 우겨댔다. 어머니께서 내 스타킹을 벗기시니 피가 배어나 있었다. 피를 보는 순간 갑자기 울음이 터져 나왔다.

　나는 어려서 이상하리만큼 피를 무서워했다. 등나무에서 거꾸로 떨어졌을 때도 울지 않았지만 꽃밭에서 넘어져 무릎에 붙은 붉은 봉숭아 꽃잎을 보고는 죽는 줄 알고 울어댔다. 어머니께서 등을 두드리시며 앞에 있는 아이의 얼굴을 보라고 하셨다. 팽이채 자국으로 얼굴 여러 군데가 벌겋게 부어 있었고 손등은 터져서 피가 맺혀 있었다.

　누가 더 아프겠냐고 물으셨다. 내 생각에도 그 아이가 더 아플 것 같았지만 대답하기가 싫었다. 어머니께서 계속 다그치시자 그 아이의 어머니께서 이 놈이 먼저 잘못했으니 맞아도 싸다며 아이의 머리를 쿡쿡 쥐어박으셨다. 그 아이는 우리 집에 와서 소독도 하고 약도 발랐고, 빵이며 과자도 받아 갔다. 그 아이의 어머니는 정말로 죄지은 듯 어머니께 여러 번 허리 굽혀 사과하셨다. 그때 내 기분은 아주 묘했는데, 정확히 어떤 감정인지는 알 수가 없다.

어머니께서 꾸중은 하지 않으셨지만 나 때문에 누군가가 남에게 미안하다는 말을 하게 하는 건 옳지 못한 일이라고 말씀하셨다. 그때까지 나는 남과 싸워 본 일도 떼쓰는 일도 없는 말 잘 듣는 순둥이였다. 가끔 억울한 일이 있으면 스스로 해명하기 위해 씩씩거리며 돌아다니긴 했어도, 남을 피가 나도록 때릴 만큼 성깔이 있다는 게 어머니를 놀라게 한 것이었다.

그 일 이후로 나는 동네 골목대장이 되었다. 어른들도, 나보다 나이가 많은 언니 오빠도 나를 골목대장이라고 불렀다. 초등학교를 마칠 때까지 스스로 정의의 사도임을 자처했었다. 여자 아이들이 노는 곳에 와서 붕어잡이를 한다며 짓궂게 구는 남자 아이들이 있으면 모두들 미영순을 불러댔고, 나는 어떤 놈들이냐며 주먹 쥐고 달려가곤 했었다. 호랑이 곁에 서 있던 여우가 토끼가 저한테 절하는 줄로 잘못 알고 우쭐했던 것이다.

4학년 때, 우리 마당의 장미를 날마다 꺾어 가는 아이를 새총으로 잡았다. 손등에 구멍이 날 만큼 상처가 컸었다. 새총에 너무 큰 돌멩이를 썼다고 부모님으로부터 호되게 꾸지람을 들었다. 손등을 맞았기에 망정이지 머리를 맞았다면 장미 한 송이와 목숨을 바꾸는 사태가 발생할 뻔했던 것이다.

5학년 때는 한 아이와 말다툼을 하다가 머리카락을 잡으려고 뻗쳐 오는 손을 당수하듯 내려치고 밀어 버렸는데, 넘어지면서 교단 모서리에 정강이를 부딪쳤다. 내가 당수를 배웠던 것도 아니고 그냥 구경했던 대로만 한 것인데도 금방 손이 부어 올랐고 부딪친 아이의 정강이에선 피가 흘렀다. 교실에 있던 아이들이 증언을 해 주어 내가 벌받을 일은 없었지만, 아버지께선 여러 날을 두고 정당 방어와 과잉 방어에 대해 설명해 주셨다.

나는 귀신은 무서워하지 않아도 남이 싸우는 걸 보면 오금이 저려서 서 있기도 힘이 든다. 같은 영화라도 총 쏘고 대포 쏘는 장면은 아무렇지도 않게 보면서 치고 받고 주먹질하는 장면에선 달달 떤다. 왜 이렇게 되었는지 알 길이 없지만, 내가 혼내준 그 아이들의 얼굴이 너무 강하게 머릿속에 남아 있기 때문 아닐까?

내 마음속 어디에 그런 모질고 공격적이며 잔인한 성격이 들어 있었는지 모를 일이다. 어쩌면 전생의 업 속에 녹아 있었으리라. 나 자신도 놀랐고, 어머니도 몰랐던 감추어진 인간의 악성. 그걸 파악하신 어머니는 큰 소리로 억누르기보다 당신이 몸소 상대에게 고개 숙이는 모습을 보임으로써 딸에게 자신을 다스리는 법을 가르치셨다.

웅숭깊은 어머니의 사랑이다.

# ··· 난 쓸모없어진
고구려어 통역사

고3이 되면서 몇몇 과목은 새로운 선생님께 배우게 되었다. '대수' 가 그 가운데 하나인데, 선생님은 아버지 친구의 조카였다. 아버지보다 십년쯤은 연하이신데 사투리는 훨씬 더 심하셨다. 대수라는 과목이 그러지 않아도 녹녹치가 않은데 지독한 함경도 사투리라니…. 아이들이 모두 고개를 절레절레 흔들었다.

솔직하게 말해서 나도 사투리가 그리 편하게 들린 건 아니었다. 그래도 내 호적등본에 원적이 함경도로 적힌데다, 집안 대소사에 어른들이 모일 때면 함경도의 경성, 경흥, 어대진, 북청, 함흥에 평안도의 신의주와 강계까지 북쪽 사투리를 고루고루 접한 덕일까? 쉽지는 않아도 '도통 모르겠다' 는 아니었다.

대수시간이 두어 번 지나간 뒤, 선생님도 제자들도 이제 좀 덜

서먹해져서 제자들이 아우성을 쳐댔다. "선생님 통 못알아듣겠어요. 표준어 좀 배우세요." "야 이누마들아(이놈들아), 그리 수부면(쉬우면) 무시리(무엇 때문에) 걱정이겐."

와—, 까르르 깔깔, "우리더러 아들이래 아들." 서로의 말이 이 정도로 안 통하니 모른 척하고만 있을 수 없었다.

"이누마들은 이놈의 아이들이야, 알겠어?"

이리해서 난 대수시간에 고구려어 통역을 자임하게 되었다.


나는 국어에는 꽤 자신이 있었다. 발음 정확하고, 어휘 구사력 쓸 만하고, 문법도 제법 잘 따졌다. 이건 순전히 쌍둥이 엄마, 동덕여고 국어 선생님의 공이다. 그 어른이 우리 집에 세들어 사시지 않았다면 내 국어 실력도 대수 선생님 못지 않을 뻔했다. 고마운 사례로 어머니는 따로이 방세를 받지 않으셨다. 어머니는 블라디보스토크 출생이라 가계부를 노어로 쓰셨다. 급하면 우리말 아닌 노어나 중어부터 튀어나오는 어른이셨다. 게다가 아버지 일기장은 완전히 이승만 대통령 수준이다. "국민 여러분, 저랴글 하는 게 올켓습니다."

내 초등학교 때는 요즈음과 달라서 책가방과 함께 실내화가 든 신발주머니를 갖고 다녔다. 그리 덤벙대는 편은 아니어서 무얼 잊거나 흘리고 다니는 일이란 거의 없었다. 그런데 언젠가 하루는 신발주머니를 교실에 두고 나왔다. 운동장을 가로질러 교문

!

앞에 이르러서야 생각이 났다. 할딱할딱 뛰어가 교실에서 공기놀이를 하던 아이들에게 소리쳤다.

"내 신중태 좀 집어 줘." "그게 뭔데?"

아뿔사, 사투리! 신발주머니를 신중태라고 말한 것이다. 애들이 깔깔 웃는 걸 보며 사투리는 남의 웃음을 산다는 걸 명심했다.

초등학교 3학년부터 국어 선생님과 한 집에 살면서 내 국어는 일취월장했다. 6학년 때에는 "어린것이 되지 못하게 어려운 말만 쓴다"고 담임 선생님이 나무라던 수준. 국어를 쓸데없이 너무 잘해서(?) 야단을 맞은 기억들이다. 하지만 늘 듣던 말이, 가족이 모이면 와자하니 떠드는 말에 사투리 아닌 것이 없으니 얼떨결에 사투리가 튀어나올 때가 지금도 있다.

고3 때 대수 선생님은 칠판에 나가 연립방정식을 풀다가 답이 틀리기라도 할라치면, "아이 이 무스게 이리 풀린다이? 이래서리 인생은 재미있다는 거우다" 하셨다. 칠판 앞으로 불려나간 서넛이 문제를 척척 풀지 못하고 미적거리기라도 할라치면, "이거이 이 만원 전차 아인갑네?" 하셨다. 수학은 −무한대에서 +무한대까지를 다루는 학문이라 수학하는 사람은 통이 크다시던 대수 선생님, 반 년도 넘게 그 고구려어를 통역하느라 내가 애깨나 먹었다는 걸 알고 계실까?

세월 따라 언어도 변하는 법. 난 요즘 젊은이들의 말을 그리 잘 알아듣지 못한다. 대화할 때 외국어보다 약간만 더 잘 통하는 정도다. 말투도 얄궂고 억양도 낯설다. 신라 말투를 쓰는 이들이 내리 집권을 하더니만 말이 온통 억세어지고 말았다.

'공꽈금'을 내러 가고, '쩨련' 되어야 하고, '쩨게' 말해야 알아 듣지, '세게' 말해선 못알아 듣는다. 다음엔 백제 말투의 이들이 권력의 주인공, 말이 갑자기 몰랑해져서 탈이다. '법학' 대신 '버박'을 공부하고, 산수 시간에는 '곱하기'를 않고 '고바기'를 한다.

고구려 땅이라고 다르랴. 지금 북쪽에서 쓰는 문화어(표준어)는 우리 가족들이 쓰시던 고구려 말과는 사뭇 달라졌다. 내 듣기에는 평안도 사투리와 함경도 사투리의 오묘한 조화랄까? 그래서 난 고구려어 통역사이지 문화어 통역에는 자격미달일 것 같다. 전쟁터에서 출정보고 아니면 승전보고라도 하는 듯한 이를 데 없이 비장 격렬한 말투며, 쓸데없이 감정을 쥐어짜서 꼭 일제 때 신파극 배우 닮은 말씨랑….

도무지 낯설고 귀설다. 우리 가족들의 고구려 말 속에 있던 그 텁텁함이 문화어에는 조금도 남아 있질 않다.

이래서 난 쓸모가 없어진 고구려어 통역사.

# 장애는
# 아름다운 친구

특정 종교를 갖지 않아도 좋다. 전생과 후생을 믿지 않아도 상관 없다. 금쪽보다 더 귀한 내 일생이라는 것도 우주순환으로

보자면, 봄에 핀 잎새가 가을에 지는 하나의 단계라는 철학에 전적으로 동의한다. 인생은 하나일 뿐, 연습도 반복도 없다는

그것만 안다. 이걸 어찌 대충 건성으로 살아버리겠는가. 치열하지 않을 수가 없다. 환원은 노년이 된 뒤에 비로소 시작하는

걸까? 그 노년이 있을지 없을지도 제대로 모르면서? 그냥 짬짬이 틈틈이 힘에 부치지 않는 정도로 조금씩 환원하고 있다. '남

김없이'를 목표로. 제 아무리 금쪽보다 귀한들 우주순환의 짧은 과정인 것을, 무엇을 아끼고 어디에다 남겨두랴.

# ··· 우리 딸이 별을 봤소

　자동차는 두 눈 밝혀 밤을 내달았다. 덜 깬 잠에 휘청이며 차 밖으로 밀려났을 땐 새벽 3시를 지나고 있었다. 산비탈에서 산사(山寺)가 깨어나기를 기다리며 진한 새벽공기를 한껏 들이켜 본다. 달이 유난히 밝고 맑게 보이는 걸 보니 날씨는 쾌청하겠다.

　제법 여러 개의 별들이 반짝이고 있다. 보이지 않더라도 볼 수 있는 건, 하늘엔 빈틈없이 별들이 총총하다는 것이다. 나무숲 우거진 산에서만 풍기는 산향(山香)이 물씬하여 가슴이 뻐근해진다. 별빛 고와 눈 흐뭇하고 산향으로 코는 싱그러운데 시냇물 산울림에 귀마저 즐거우니 어찌 이 새벽을 찬미하지 않고 배기겠는가.

　한때 나도 별들을 몽땅 잃어버렸던 적이 있다. 그러다가 어느 겨울 밤에 뜻밖에도 잃었던 하나를 다시 찾았다. 고3 겨울, 휴학

중이었던 나는 학원에 다니며 복학을 준비했고, 매일 저녁 부모님 중 한 분이 버스 정류장에서 나를 기다리셨다. 아버지께서 마중 나오셨던 그 밤에 나는 드디어 내 눈으로 별 하나를 찾아냈다.

"우리 딸이 오늘 별을 봤소."

벅찬 아버지의 목소리가 떨림으로 흐려졌다. 우리 딸이 별을 봤소. 한동안 만나는 사람마다 펼치던 자랑거리였다.

별 하나 나 하나, 별 둘 나둘, 아이 때는 심심해서 별을 헤었다. 낮에는 땅만 보고 걷지만 밤에는 하늘을 보며 걷는 게 이제는 버릇처럼 되어, 가로등 없는 어두운 곳에선 하늘을 보아야 방향이 잡힌다. 나는 아주 오랫동안 잃어버린 나의 별을 되찾기 위해 밤하늘을 더듬었다.

내가 살던 화계사 입구는 그때만 해도 교외의 정취가 남아 있었다. 허리 굽은 소나무가 지켜 선 버스 정류장, 구부정한 소나무 몇 그루가 비스듬히 그림자를 드리우던 골목길. 겨울이면 눈 덮인 채마밭에 별들이 후두둑 꽃잎으로 질 것 같기도 했다. 이웃에는 같은 절에 다니는 선배가 살고 있었다. 절에서 늦어지더라도 그 선배가 옆에 있어서 든든했다. 부모님께서 허리 휘어지게 버스 정류장에 서 계시지 않아서 좋았고, 어깨가 빠질 듯 무거운 책가방을 들어다 주니 좋았다. 또 굽은 소나무 가지에 비스듬히 걸린 달이 그려 내는 그림자는 하나일 때보다야 둘일 때가 보기에

좋지 않은가.

　잃었던 별들을 꽤 많이 찾았을 때쯤 선배가 축하해 주겠다며 나를 불러냈다. 그것도 직접 확인을 해야 했던지 별빛 쏟아지는 밤을 골라서 말이다. 똑같이 시커먼 교복에 못생긴 얼굴 치켜들고 다닐 때는 두 살 더 먹은 1년 선배가 그리 대수로울 리 없었다. 대학생이 되어 머리를 길러 놓으니 한결 덜 못생겨 보였다. 원하는 대학에 합격한 선배가 부럽기도 했고, 대학생과 고등학생의 거리가 꽤 멀게 느껴지기도 했다.

　별 하나 나 하나, 별 둘 나 둘. 우리는 열심히 별을 헤었다. 내가 찾아낸 별들을 몽땅 그에게 쏟아 주며, 쪽배 타고 건너갈 은하수가 말라버려 서럽다고 했다.

　"견우 직녀 할 일도 없는데 은하수는 뭘…."

　선배는 나를 설득하느라 애를 썼다. 지금 둘이서 열심히 찾아낸 별들을 예쁘게 지키기 위하여 힘든 공부를 포기하라는 것이었다. 공부는 먹여 살릴 자신에게 맡겨 두고 눈에 이로운 일만 골라서 하라고. 하지만 부모님을 봉양해야 하는 내 사정을 더 잘 알기에 결국 선배가 두 손을 들었다. 형제가 여럿인 선배는, 자식을 위하여 자식은 많이 두는 게 좋을 것 같다며 나를 안쓰러워했다. 그 저녁에 난 선배와 약속을 했다. 은하수에 띄울 쪽배에 돛을 올리는 날, 틀림없이 선배를 초대하마고 약속했다.

언제부턴가 도시인 모두가 별을 잃어버리고 말았다. 산업화가 하늘을 가렸으니, 하늘을 보아야 별을 딸 게 아닌가. 그뿐인가, 자동차가 마구 뿜어대는 가스가 하늘을 덮어 버렸으니 별이 있다 한들 어디 가서 별을 찾으랴. 나야 시력이 나빠서 별을 못 본다지만 눈이 좋은 사람들도 별 볼 일 없기는 매한가지. 그들과 함께 나도 별 찾기를 까맣게 잊고 산다.

별이 와르르 쏟아져 내릴 것 같은 산비탈에 서서 은하수에 띄울 쪽배를 만들고 부수고 만들고 부수던 기억. 나의 은하수는 아주 말라붙고 말았을까? 희미한 은하수의 모습이 이젠 기억 속에서도 가물거린다. 은하수를 꼭 찾아내어 쪽배 타고 건너려 했는데, 선배는 내 약속을 기다리지 않고 벌써 세상을 뜨고 없다.

내가 타고 건너지는 못해도 빈 쪽배를 이제 띄워 보낸다.

# ··· 이제는 남김없이
##   환원하련다

　불교 입문 30년이라고는 하지만, 처음에나 지금이나 난 모범 신자는 못 된다. 그러니 신앙 고백이라면 모를까, 수행에 관해서라면 말문이 막히고 만다. 이제 와서 생각해 보면 불자가 되기 위해 오랫동안, 실로 오랫동안 헤매었던 것 같다. 어렸을 때부터 교회에 다녔고, 학교에서처럼 교회에서도 줄곧 개근상을 탔다.

　너무 열심이었던가. 차츰 신의 '군림'에 회의하게 되었고, 아주 막연하지만 그건 신의 의지라기보다는 신을 그렇게 그려 낸 인간의 탓이라고 생각했다. 소크라테스에서 야스퍼스까지 닥치는 대로 읽었다. 철학자들이 끊임없이 찾아 헤맨 '진리에로의 문'. 그러나 아무도 찾아낸 이가 없다는 걸 5년이라는 시간을 허비하고서야 알아냈다.

조금은 허탈해져 있던 고1 초가을, 룸비니학생회라는 불교동 아리에 다닌다며 우쭐대는 고2 남학생을 만났다. 내가 아니면 누가 이 몽매한 아이를 구하랴. 학생법회가 열리던 대각사를 찾아나섰던 그 토요일엔 비가 어지간히도 청승맞았다. 그 어이없는 당돌함이 아니었다면 어찌 불법을 만날 수 있었으랴.

지도법사라는 이를 논파하여 미혹된 아이들을 구해 낼 참이었는데, 내가 먼저 그 공론(空論)에 그만 깨져 버리고 말았다. 신(神)도 아니요 사람도 아니라 불(佛)을 샅샅이 뜯어 보기로 했다.

공(空)과 선(禪)에 관한 책 7권을 빌려다가 일주일 동안 하룻밤만 빼고 모조리 읽어 냈다. 진리를 공으로 그려 낸 기막힌 솜씨에 감탄했다. 지관(止觀)의 자리를 찾아낸 실천을 흉내내 보기로 했다. 자신들의 허물을 '횃불을 든 도적'이라 일갈한 그 당당함에 갈채를 아낄 수가 없었다. 나는 불학(佛學)을 공부해 보기로 했다.

불교를 타파하러 나섰다가 얼떨결에 불학을 공부하게 되었지만 어느새 조금씩 불자로 변해 가고 있었다. 기막힌 가르침을 남기신 부처님께 늘 감사드리며, 어제보다 겨자씨만큼만 더 깨친 불자가 되겠노라 다짐을 했다. 그러나 마음뿐, 스스로에게 던지는 질문에는 언제나 자신이 없다.

신에게 자리매김을 해 주겠다고 날뛸 만큼 맹랑하고 당돌했던 나는 자등명 법등명(自燈明法燈明)에 매료되고 말았다. 경(經)이든 논(論)이든 구하는 대로 읽었다. 요즘처럼 불서를 쉽게 살 수 있던 때가 아니어서 여러 곳으로 빌리러 다녀야 했다.

강원(講院) 한 구석, 스님들 뒤에서 청강만 하려다가 쫓겨난 뒤 혼자서 경전을 분석해 갔다. 불경의 구성 요소를 정리하고, 설화와 문학적 표현을 가려 내고, 상반되는 것들을 대비시켜 따로 정리해 두고, 역사와 문화사 서적을 뒤져 상황의 시대적 배경을 찾아 적어 넣는 등 순도 100%의 자습이었다.

경전을 공부하는 동시에 선(禪)도 실천하기로 했다. 선이랄 수도 없는, 명상 비슷한 것이었겠지만 진지했다. 죽치고 앉아 있는 것만으로는 선인지 아닌지도 알 길이 없어 선생님이 필요했다. 동국대학교 선원을 찾았고, 어쩌다가 명망있는 대선사를 찾아 뵙고 화두 타기 시험을 다섯 번인가 치르기도 했다. 시험 문제가 꼭 무슨 넌센스 퀴즈 같아서 별 생각 없이 넙죽넙죽 답하고는 호통만 들었다. 예컨대,

땅에서 달을 잡을 수 있겠느냐?

—— 대야에 물을 떠 놓겠습니다.

소쿠리에 빗물을 받아 오너라.

—— 비닐을 내주시면 소쿠리에 깔아 보겠습니다.

한 손으로 손뼉이 쳐지느냐?

—— (한 손으로 벽을 딱 때리고 나서) 손·벽입니다.

요샛말로 해서 잔머리 굴리지 말라는 나무람을 자주 들었다.

그래서 머리 비우기 훈련을 받았다. 굳이 이름하자면 묵조선(默照禪)이랄까? 행주좌와에 상관없이 참선을 했다. 광화문에서 화계사 입구까지의 한 시간 남짓한 하교 길의 버스 안은 사랑받던 나의 선방(禪房)이었다.

비록 학문으로 시작을 하였지만 대승사상(大乘思想)과 중국의 선(禪)으로 해서 기꺼이 불교를 신앙으로 택했다. 관세음보살의 힘을 빌어 안 될 일 되게 하겠다거나, 지장보살 덕을 입어 지옥 탈출에 무임승차나 하겠다는 꿍꿍이가 있어서는 아니다.

중생이 아프니 보살도 아프다는, 지옥이 빈 뒤에라야 열반에 들겠다는 이 엄청나게 큰 자비에 감탄했음이다. 직지인심(直指人心)으로 견성(見性)을 한다니, 논리적·조직적 사고에 길들여져 매사에 따지기 좋아하던 내 머리가 와장창 조각나고 말았다. 간지망월(看指望月)이라기에, 손가락 방향을 놓치지 않으려고 경전을 읽었다. 달을 제대로 알아보자니 직지인심법을 닦아야 했다. 불립문자(不立文字)란 까막눈이 되라는 게 아니고 문자에 자유자재하라는 말로 이해했다.

공부에 맛을 들이면서 건방도 높아져갔던 내가 어지간히도 딱하셨던가. 부처님께서 내게 하심(下心)을 가르치셨다. 해인사에서 보낸 고2 여름 방학, 새벽 도량송을 따라 아침을 열고 참선으로 하루 일과를 닫았다.

사물(四物:법고·범종·목어·운판)을 울리며 드리는 장엄한 저녁 예불. 복색이 다른 이라곤 재가신자인 나뿐이어서 꼭 쌀 속에 잘못 섞인 좁쌀 같았다. 외울 줄 아는 것이라곤 《반야심경》 하나뿐이었지만, 합장하고 꿇어앉아 법당에 넘쳐나는 장엄한 염불 소리에 빠져들곤 했다.

　어느 날엔가 문득 작은 먼지로 떠올라 무한 세계 속에서 둥실대는 자신이 보였다. 백호광(白毫光)을 비추어 삼천(三天) 세계를 보이셨다는 말을 듣기 전인지 후였는지는 모르겠으나, 또 내가 본 빛이 백호광이었는지 아닌지도 잘 모르겠으나, 분명 어떤 빛줄기였다고 생각한다. 일즉일체다즉일(一卽一切多卽一)이요, 일미진중함시방(一微塵中含十方)이었다. 보살이 하화중생하는 뜻을 머리가 아닌 체험으로써 배웠다.

　우선 하심의 방법으로 절하기를 택했다. 오백 배건 천 배건 숫자를 셀 필요는 없었다. 사미, 사미니에게도 부처님께 올리는 그런 절을 했다. 저녁 예불을 마친 다음부터 다음날 아침까지 절을 하다 보면 무릎이 헐어 피가 배어나기도 했다.

　이렇게 하심을 공부해 나가면서 어느덧 오만에 방자를 보태어 빚어 낸 것 같던 내가 형편없이 헐렁해져 버렸다. 너보다는 우월한 나를 가꾸기에 쉴 새가 없더니만, 이제는 너 없는 나의 의미 없음을 실천하려 애쓰게 되었다. 호(好)·불호, 선·악, 시·비를 칼같이 가르던 버릇도, 머릿속이 늘 말끔한 서랍 속 같아야만 직성이 풀리던 것도 없어졌다. 배우던 꽃꽂이도 그만두었다.

이런 나의 변화로 인해 부모님도 나와 같이 절에 다니게 되었다. 교회에서 결혼식을 했던 두 분이셨지만, 늦둥 딸을 위해 법당에서 향 사르며 무릎이 닳도록 절을 하셨다. 두 분이 아미타경 독송 소리를 들으며 운명하셨음을 지금도 더할 나위없이 감사하게 여기면서도, 부모님의 귀의(歸依)는 곧 닥치게 될 나의 긴 병고(病苦)를 견디어 낼 채비였던 것 같다는 생각을 지우기 어렵다.

실명 6개월, 약간의 시력 회복 10여 년, 그리고 지금 이 순간에도 또 앞으로도 계속될 것임에 틀림없는 나의 어려움 — 시각 장애. 이 아픔도 나의 삶을 보다 깊고 넉넉하게 만들기에 그리 억울하지가 않다. 담담하게 현실을 받아들였다. 나에게 실명 사실을 더듬으며 얘기하는 의사에게 한국판 헬렌 켈러가 되겠노라고 웃어 주었다.

병원에 다녀오는 일 외에는 종일 앉아 참선을 했다. 마음의 동(動)을 막아 정(定)에 들려는 생각도 없지야 않았지만, 더듬거리는 모습을 들키지 않기 위해서는 그보다 좋은 일거리가 있을 수 없었다. 6개월은 그리 길지 않았다. 나는 희미한 세상으로 다시 돌아오게 되었다. 이 기적과 같은 일 또한 병이 났을 때와 마찬가지로 의사는 그 까닭을 모른다고 말했다. 나의 타고난 낙천성과 당돌함에 병마저 지고 만 거라고 생각하고 있다.

잃는 것이 있으면 꼭 그만큼 얻는 게 있기 마련인 모양이다.

믿을 수 없는 신기한 몸의 체험들을 했다. 화계사로 오르는 언덕배기에서 세일극장까지의 중간에 지붕과 나무들이 엉켜 있는 사이에 어머니께서 서 계신 것을 알아보았다. 책상 위의 바늘이 방바닥의 방석으로 떨어지는 소리를 들을 수도 있었다.

마주앉은 이의 눈이 큰지 입이 작은지는 모르면서도 그의 과거와 미래의 어떤 편린들이 전파처럼 스쳐가는 일이 잦아져서 나를 당혹스럽게 했다. 남의 죽음을 앞당겨 감지하는, 아무짝에도 쓸모없는 기능이 개발되는 것이 도무지 끔찍하기만 하였다. 나는 한동안 참선이 주는 이러한 황홀한 즐거움을 아껴두어야 했다. 그러나 쓸 만한 기능도 더러 개발되어 나중에 공부하는 데 큰 도움이 되었다.

지금도 유용하게 쓰이고 있는 한 가지는, 시이불견(視而不見)이랄까 눈을 뜨고 있으면서도 보지 않는 법으로, 눈의 피로를 많이 덜어 준다. 통증이 심하여 사고(思考)가 불가능해지면 무아(無我)에 들거나 나를 잠재운다. 공부할 때 글자 하나하나를 읽지 않고 대체의 윤곽만을 통째로 파악한다. 마음만 먹으면 언제 어떤 상황에서라도 무엇에든 몰입할 수 있다. 이 쓸 만한 기능들이 이제는 나이를 먹어서인지 전만큼 절실하지가 않아서인지 점점 퇴보하고 있어 좀 서운하다.

시력 회복, 짙은 안개 속일망정 어찌 암흑에 견줄 수 있으랴! 길가의 풀 한 포기 돌멩이 하나까지도 모두 귀하고, 바람을 따라

뒹구는 넝마 조각도 아름답게 보였다. 그러나 회복 기간 10여 년은 실로 많은 인내를 요구했다. 뾰족한 치료법이 없는 중병에 걸린 이가 해볼 수 있는 것 중 굿과 푸닥거리 빼고는 안 해 본 일이 없는 것 같다.

어느 날 아침, 아버지께서 약 사발을 들고 오셨다. 보통 약이 아니라는 걸 직감할 수 있었으나 덤덤히 마셨다. 배 안의 쥐 아홉 마리를 삶은 물, 그것이 인육이었다 해도 난 태연히 마실 수 있었을 것이다. 몬도가네 식이요법 말고도 아버지께선 명의를 찾아 방방곡곡을 헤매셨고, 기도하느라 무릎 관절이 다 닳아 버린 어머니께선 끝내 그 다리를 고치지도 못하시고 세상을 뜨셨다. 나 또한 스스로에게 초라해지지 않으려고, 또 세 식구뿐인 집안 분위기를 위하여 늘 즐거운 척 재재거렸지만, 저 깊은 곳에서는 늘 바람도 없이 파도가 일고 있었다.

어려움은 의식을 성장시키는 묘약인 모양이다. 안구은행이 생기던 1969년 경에 내 몸을 기증하기로 했다. 뇌사 상태가 되면 여러 사람을 살릴 수 있어 좋을 테고, 그렇지 않으면 수련의들의 실습용으로라도 쓰일 수 있을 테니.

나는 보시라는 단어는 어쩐지 쑥스러워서 잘 쓰지 못한다. 그냥 환원이라는 개념을 갖고 있다. 학위를 받고 귀국한 후에 이제부턴 환원해 갈 때가 되었다고 생각했다. 물질이라면 환원할 만한 게 육신밖에 없지만, 나의 지식·경험 그리고 아픔의 체험까지도 남김없이 사회에 환원하려 한다. 강의를 하는 것도 논문을 쓰는 것도, 젊은이들이 좋은 일을 하거나 즐겁게 놀 땐 그들의 짐이라도 지켜 주고, 신통한 도움도 못 되면서 이리저리 자원봉사에 따라다니는 것도 모두 나의 환원 작업이다.

안압이 올라 힘들어 하면서 이 글을 쓰는 것도 마찬가지, 통증을 고통으로 여기지 않는 법을 발하고 싶기 때문이다. 설명이 충분할지 모르겠지만, 참선을 하듯 통증을 관조하며 아픔 속으로 푹 빠져 들어 아픔과 내가 하나로 되어 버리면 통증은 그냥 통증일 뿐, 고통이 되지는 않는다. 어불성설 같지만 이 아픔을 즐긴다고나 할까? 안압이 120(정상은 20)으로 치솟아 눈 속의 혈관이 터지고 말 것 같아 의사가 모르핀을 주겠다고 했지만 난 진통제 한 알 쓰지 않고도 잘 넘길 수 있었다.

불자로 자처하고는 있지만 시간 맞추어 아침 저녁으로 예불을 올리지도 못하고, 법회에 꼬박꼬박 참석하지도 않고, 백중 기도가 아니고선 기도라곤 드리는 일 없고, 정근을 하라면 입 꾹 다물고 석상(石像)처럼 버티어 섰고, 경전을 소리 내어 독송해 본 적도 없고, 〈신묘장구대다라니〉를 혼자서 해 보라면 말더듬이가 되고 만다. 스님께 공양 올리는 일은 별로 없어 얻어 먹기만 하고, 삼성각이니 산신각이니 하는 것은 문화재로서만 살펴보고, 방생을 가자면 산으로 쓰레기 주우러 가는 청개구리다. 업장(業障)이니 공덕 · 조복(造福) 같은 말에 필요 이상으로 집착하는 현실이 답답하고, '불교의 사회화'에 명리(名利)가 기어드는 일도 안타깝기 짝이 없다.

이렇듯 성불엔 자신도 욕심도 없으면서 아침에 눈을 뜨면 관세음보살부터 찾는다. 별다른 바람이 있어서가 아니고, 그냥 콧노래를 흥얼거리듯 종일 관세음보살을 부른다. 지금처럼 눈이 빠질 듯, 머리가 부서질 듯 아플 때에도 평소대로 관세음보살이다. 108주 한바퀴가 다 돌아가기도 전에 잠들어 버리고 말지만 염주가 있어야만 하루가 마무리되는 나를 부처님은 사랑하실까?

# ··· 노란장갑
## 흔들며

　흐릿하여 분명친 않지만 아주 안 보이는 건 아니어서 대충 감을 잡고 주춤주춤 길을 다닌다. 망막이나 홍채에 병이 든 경우, 빛에 대한 적응이 매우 더디어 밖에서 집 안으로 들어가면 캄캄하기가 석탄 굴이니 보이는 게 없다. 집에서 밖으로 나가면 환하니까 잘 보이겠다고? 이번엔 너무 밝아 아예 눈을 뜨지 못해 뵈는 게 없으니 이런 코미디가 또 있겠나. '이거라도 어디냐'며 고맙게 여기고 살지만 속이 편할 리야….

　보일 듯 말 듯 정도밖에 안 보이지만, 남 보기엔 아주 잘 보일 것처럼 말짱해서 엉뚱하게 겪는 짠 눈물과 쓴 웃음. 그렇다고 맹인용 흰지팡이를 쓰기엔 안보이는 중에도 흐리멍텅 뵈는 게 있고, 그래서 노란 장갑을 생각해 냈다.

낮에야 저시력인이 맹인을 거들며 길을 가지만, 밤이면 맹인이 저시력인을 데리고 가야 한다. 살다 보니 혼자 밤 길을 걸어야 할 일이 왜 그리 많던지. 여기저기 쏘다니자면 상식이나 경험이 통하지 않는 얄궂게 생겨먹은 곳을 지날 때도 있다.

삼성역 아셈 방향의 출구에는 눈치채기 어려운 함정이 있다. 네거리 귀퉁이는 직각으로 되어 있고 출구는 길과 평행하는 것이 보통인데, 이곳은 좀 색달라서 괘씸하다. 길 모퉁이가 둥글게 휘어져 있어 출구의 방향대로 곧장 가다간 전우의 시체처럼 꽃밭을 넘어 차도로 빠져 버리고 만다. 신발 코끝만 내려보며 걷기에 바빠서 출구 방향이 이렇게 엉뚱하리라곤 생각도 못했다.

혼 좀 났기로 기 죽을 미영순이 아니다. 이 길이라면 이제 내 손금이다 싶어 어느 겨울 아주 캄캄한 밤에 용감하게 나섰다가 무릎지뢰(볼라드:차량 진입 방지용 돌기둥)에 부딪쳐 정갱이를 박살 낼 뻔했다. 출구 왼쪽 앞에서 수다가 한창인 한 무리의 사람들을 피해 조금 오른쪽으로 방향을 틀었는데 각도가 좀 컸던 모양이다. 내가 장애인으로 보였으면 그들 중의 누군가는 길을 비켜 주었을지도….

사랑의 소리 방송에서 '미영순 칼럼'을 방송하던 몇 해 전, 일주일에 두 번씩 신촌역을 지났다. 역사를 수리한다고 전등을 대여섯에 하나 꼴로만 켜두었으니, 나에겐 꼭 잠실 운동장에 촛불 하나 밝혀 놓은 셈. 기둥과 박치기하지 않으려고 조심 또 조심, 계단을 올라 막 개찰구를 빠져나와 한숨 돌리려는데 누군가 팔을 홱 나꿔챘다.

"이 복잡한 곳에서 어쩌라고 꾸물대나 꾸물대길!" 씨근덕대는 폼이 얼쩡대는 나 때문에 열깨나 받은 듯했다. 서강대, 연세대 아이들이 별난 구경거리에 발길을 늦춘다. 열받은 나도 한마디.

"눈 고쳐 줄 약이 없어 난 얼쩡대고, 댁은 성질머리 고쳐 주는 약이 없어 씨근덕대고. 사고 낼까 겁나니 피차 조심합시다."

망막색소변성증(유전성으로 알려져 있으며, 대체로 20세 전후에 증상이 나타나기 시작, 실명으로 진행하는 속도에는 개인차가 있다)의 모녀 3대를 돌보는 가장이 전화를 걸어왔다. 9살짜리 딸은 아직 보통 아이와 비슷하고, 거의 실명한 장모님은 이제 노인이라 그냥저냥. 문제는 시야 좁은 아내였다. 지하철 계단 참에 엎드리고 있는 거지의 동전 바구니 걷어차기는 예사요, 그 팔뚝을 밟는가 하면, 방물장수 아낙의 좌판을 짓이겨 놓기도 했단다. "배상을 하기야 해야겠지만 장애인이라는 표시가 있으면 책임이 좀 가벼워지지 않을까요?"

올라가려 해도 계단, 내려가려 해도 계단. 오르다가 넘어진들 대수일까만, 내리막에서 넘어졌다간 큰일이다. 저시력인이 지하도 안으로 들어서면 캄캄 오밤중이다. 차츰 보일 때까지 기다리려면 5분에서 10분도 모자랄까? 계단 끝에 장승인 양 버티고 서서 남을 방해할 수는 없는 터, 난간이나 손잡이를 잡고 살금살금 내려간다.

흰지팡이 하나면 간단히 끝날 일을 왜 사서 고생이냐고? 지팡이 들고 다니기, 저시력인에게 쉬운 일만은 아니다. 우선, 엊그제까지도 시력이 1.2였으니 세상사가 두루 휜하다. 비록 햇빛 쨍한 대낮에 혼자서만 안개 짙은 새벽 강가일 망정, 집과 자동차, 계단, 가로수 등등 이미 휜히 꿰뚫어 보아서 알고 있는 세상인지라 흐린 대로 구별은 간다. 게다가 저시력 다년간에 감 잡는 데에 도가지 텄다. 뜀박질로 학교 운동장이 좁던 날쌘돌이였는데, 이제 좀 흐릿해 뵈기로 아무렴 하루 아침에 옴짝달싹 못할까? 쓸 줄 모르는 지팡이 함부로 흔들다가 공연히 전봇대에 걸리어 넘어지지나 않을지….

이렇듯 이꼴저꼴 다 당한 뒤 생각해 낸 것이 노란 장갑이다. 지팡이보다 가벼워서 좋고, 멀리 있는 사람 눈에도 잘 뜨일 터이니 좋다. 결혼할 때나 높은 이들 행사할 때나 흰 장갑 끼는 일은 있어도 노란 장갑 낀다는 말은 못들은 것 같다. 장애인이고 싶지 않을 땐 주머니 속에 쏙 넣을 수 있어 좋고, 필요할 때 재빨리 꺼낼 수 있으니 더욱 좋다. 오만 세균이 득실대는 더러운 난간을 맨손으로 잡지 않으니 위생적이기까지 하다. 프랑스에선 저시력인들이 노랑 지팡이를 쓴다는데, 노란 장갑이 한 수 위라는 걸 언제 한번 건너가서 가르쳐 줄까?

# 가재나 게나
# 거기서 거기?

　잘 보이지도 않는 내가 박사라고 해서, 또 저시력인 단체라는 걸 한다고 해서 저시력과 저시력인에 대해 설명할 일이 심심치 않게 생긴다. "저시력이요? 거 보이지도 안 보이지도 않는 그런 거예요." 눈이 나빠 본 일이 없는 이는 개그쯤으로 여기는 것 같고, 눈 때문에 고생 좀 해 본 사람은 고개를 끄덕끄덕한다.

　어느 때인가, 정부의 장애인복지 담당 과장이 물었다. "맹인이나 저시력인이나, 가재나 게나, 거기서 거기 아닌가요?" 난 이렇게 물었다. "게한테 물어 봤나요? 가재하고 거기서 거긴지?"

　저시력 경력(?) 40년에 초기엔 맹인 경력도 6개월, 맹인의 어려움에 대해 누구보다 잘 이해는 하겠지만 확실하게 안다고는 말 못한다. 남들은 거기서 거기라고 여기는 모양이지만.

  그동안 저시력을 약시라고 통칭하여 왔으나, 약시란 사고나 질병 없이 시력 기능이 단순히 저하된 상태로 저시력의 일부에 지나지 않는다. 이제는 법률로나 의학으로나 '저시력(low vision)'이 세계 공통어이다. 의학적으로 시각이란 시력, 시야, 색각 등으로 구성된다. 저시력이란 시력이 낮은 상태, 시야가 좁거나 일부가 없는 상태, 색감이 없거나 섞여 있는 특정한 색을 구별하지 못하는 상태 등이다. 시력이 낮은 경우가 제일 많지만, 시야가 좁은 경우나 색각이상인 경우에도 대체로 시력이 낮아진다.

  보이지도 안 보이지도 않는다는 건 도대체 어떻게 설명할지 난감하다. 저시력인 백인이 모이면 증상은 가지각색이다. 장애의 원인이나 손상된 부위가 다양하여, 보이지 않는 상태와 정도의 개인 차가 매우 심하기 때문이다. 일률적으로 말하기 어렵지만 몇 가지 공통점을 추려보면 다음과 같다.

  까맣거나 반짝이는 반점의 상태가 나쁠수록 크게 많이 보인다. 반점이나 지푸라기 같은 것들이 커졌다 작아졌다 하면서 둥둥 떠다니기도 하고, 보려고 하는 사물의 중심이 까맣게 보이지 않고 주변만 보이기도 한다. 또한 시야가 좁아져서 대롱 속으로 쳐다보는 듯 중심만 보인다.

  저시력인이 맹인보다 불편하다면 벌받을 소리겠지만 너무 멀쩡해 보여서 겪는 고충, 멀쩡해 보인다는 그게 바로 저시력인의 장애라면 남들이 이해를 할까? 저시력 중에도 일부 약시인처럼 눈이 지독하게 나쁘다는 것을 남들이 금방 알아볼 수 있는 경우도 있지만 저시력인의 70%에 달하는 망막질환계 환자는 겉으로 보기엔 참 멀쩡하다. 나 자신부터…. 게다가 잘생기고 키까지 크다면 그게 또 탈이다.

어떤 저시력 남자가 은행엘 갔는데 번호표가 보일 리 없어 옆 사람에게 물어야 했다. 아무리 둘러보아야 아가씨 한 사람밖에 없어 번호 좀 봐달랬다가 따귀를 맞았다.

또 이런 일도 있다. 간선도로의 횡단보도야 사람들을 따라 길을 건널 수 있지만, 신호등 없는 작은 횡단보도가 문제다. 기사와 보행자가 서로 눈치껏 알아서 제 갈 길을 가게 되는데 저시력인들은 이렇게 할 수가 없다. 어쩌다 맘 좋은 기사가 얼른 건너라고 속도를 늦추어 주는데도 확실하게 멈추어 주지 않으면 겁이 나서 쭈뼛쭈뼛한다. 차 안에서 빨리 가라고 손짓을 했겠지만 그게 보이면 왜 저시력이겠는가? 인내를 가지고 교양 있게 천천히 가는데 '눈치껏 후딱 가지 않고 계속 꾸물거려?' 이렇게 괘씸하게 여기고는 횡하니 지나가고 만다.

문경 어느 산골마을에 있었던 일이다. 막 40고개를 넘어가는 며느리는 망막색소변성이고, 70고개 넘으려면 아직 한참은 더 가야 하는 시어머니는 중풍으로 자리 보존하신 지가 이미 여러 해. 눈이 제대로 보여야 시어머님 몸도 씻기고 옷, 이부자리를 냄새

안 나게끔 빨고 할 게 아닌가.

언젠가 TV에서 망막색소변성을 수술하는 한 의사를 천하의 명의가 나온 양 떠들어댔는데, 이 소문이 문경 산골에까지 퍼져 친척들이 십시일반 돈을 모아 며느리의 눈을 수술시켜 주었다. 그런데 그 수술이라는 것이 처음부터 터무니없는 짓이었다. 며느리는 거의 실명에 이른 상태였기에 수술을 해도 낫는다는 보장이 없었다. 한데 남편도 친척들도 한목소리로 "수술까지 시켜주었는데, 이 못된 것이 궂은 일 하기 싫어 잔머리를 굴려?" 이런 태도였다. "어차피 멀 눈이라면 차라리 빨리 멀어버렸으면 좋겠어요." 며느리의 눈물의 하소연에 목이 메이지만, 그 며느리 눈 멀고 나면 식구들이 내다 버리지나 않을까 몰라.

어느 장애인이고 쌓인 말을 풀자면 소설 한 두 권에 그치랴만, 장애인이면서도 너무 멀쩡해 보이는 탓에 겪어야 하는 어려움은 여느 장애인과 사뭇 다르다. 그래서 스스로도 장애인인지 아닌지 헷갈린다. 눈 하나인 동네에서는 눈이 둘인 사람이 장애인이다. 안보이는 동네에 가면 희끄무레하게 보이기 때문에 장애인, 보통 사람들이 사는 동네에서는 희끄무레하게밖에 보이지 않는 사람이 장애인인 묘한 세상 이치다.

# ··· 지나친 관심은
상처를 준다

동서울터미널은 혼잡했다. 난민수용소에 급식 시간이 오면 꼭 이렇지 않을까 싶었다. 표를 예매하지 않은 사람은 줄을 서서 기다리다가 자리가 나는 대로 타야 한단다.

내 고집대로 버스를 타게 되었기에 일행들에게 좀 미안한 생각은 들었지만, 승용차여행으로는 여행의 참맛을 느끼기 어렵다는 지론대로 강행한 참이었다.

안동에서 내려 한여름의 오후를 지냈다. 산등성이에 올라 앉아 자연이 마련한 식탁이 펼쳐졌다. 싱그러운 풀 내음 안주에 탁주 한 사발, 술맛이야 모르더라도 걸쭉한 멋이 투박해서 좋았다. 손등을 타고 기어오르는 큼직한 개미는 아득한 기억 속의 내 친구. 어릴 땐 우리 집에서 개미와 놀기도 했다. 숱한 사연을 삼킨

채 지금은 놀잇배를 띄우고 있는 호수 같은 댐을 멀리 굽어보며 수상수하(水上水下)를 가늠해 본다. 개발과 보존의 함수를 풀어낼 재간이 없어 그냥 덮어두기로 했다.

나만 빼고 모두 시골에서 성장한 우리 일행은 야트막한 산비탈에서 까르륵거리며 어린아이로 돌아갔다. 백일홍, 나팔꽃이 눈에 띄면 이게 몇 년 만이냐며 수다를 떨면서 터질 듯이 까맣게 익은 까마중을 한움큼씩 입에 우겨 넣기도 했다. 공해니 오염이니 하는 말을 들어 보지 못했던 꼭 그때처럼. 하늘은 오늘을 잊지 말라고 한바탕 소나기를 뿌렸다. 산비탈과 밭두렁을 남들처럼 달릴 수 없는 나는 우리를 안내하던 안동 사내에게 넘겨졌고, 손잡고 가는 까닭을 모르는 그의 괘씸한 수작이 도라지보다 더 씁쓸한 기억을 만들어 내고 말았다.

택시가 목적지인 의성에 우리를 내려놓았을 때는 어둠이 그 긴 자락으로 온 산을 휘감은 뒤였다. 어둡고 발 설은 산길을 더듬으며 초긴장을 해야 했다. 어두워진 다음에는 써도 안 써도 그만인 안경이 땀에 미끄러져 내려 나를 더욱 어렵게 했다. 모든 감각 기관을 최대로 긴장시켜 산비탈로 굴러 떨어지지 않으려고 조심했다. 곁에서 붙들어 주는 이가 있어도 긴장을 풀지 못하는데 혼자서 낯선 산길을 걸으려니 오죽했겠는가. 이런 순간에 누군가 눈과 관련하여 나를 자극한다면 나의 반응은 참으로 빠르고 몸서리

치게 매서워진다. 보통 때에는 반응이 하도 더뎌서 나도 남도 어이없게 만들면서…. 고쳐 보고 싶지만 아직 방법을 모르고 있다.

비탈과 계단이 질서 없이 뒤섞인 산길을 땀에 절어 더듬거리는 나를 보고 일행인 삼십대 여자가 키득거리며 말을 건넨다.

"미선생님, 갑자기 왜 그래요?"

"웃음이 나와요? 나야 눈이 상했지만 거긴 더 중요한 것이…"

앞서 가던 친구가 그제야 나를 잡아 주러 뛰어오는 바람에 뒷말을 삼킬 수가 있었다. 하마터면 독설을 왕창 쏟아 낼 뻔했던 그 순간을 생각하면 지금도 땀내가 코를 스친다. 종일 멀쩡하더니 웬 난데없는 심학규 놀음이냐고 묻고 싶었던 모양이다. 눈치 없는 이가 호기심은 또 왜 그렇게 많은지….

"눈이 왜 그래요?"

"언제부터 그랬는데요?"

"시력이 얼마이길래 그래요?"

나는 철딱서니 없는 사람도 다 보겠다는 듯 대꾸도 하지 않는데, 그는 궁금증을 남겨 두면 직성이 풀리지 않는가 보다.

"안경을 보면 돗수가 별로 높은 것 같지는 않은데요?"

진정 좀 해 보려던 신경이 그만 다시 곤두서고 말았다. '행여 절름발이를 만나거든 긴 다리가 짧은 쪽보다 몇 센티미터나 더 기냐고 묻질랑은 말아요'라고 말해 줄까 말까 망설이다가, 생각이 없는 사람이겠거니 하고 그냥 참기로 했다.

지금까지, 나의 더듬거림을 보고 깔깔거리는 사람을 두 명 만났다. 처음 사람은, '아이 참, 이러면 안 되는데…' 하면서도 웃음을 참기 어려워했다. 참아야겠는데 참지 못하는 것은, 남을 웃기는 내 탓도 있는 것 같고 스물을 넘긴 지 오래지 않은 그의 나이 탓도 있는 것 같아 어물어물 따라 웃을 수 있었다. 인내가 필요할 때 인내하는 방법을 가르쳐 주려고 절로 데려간 것이 전부다.

나는 지금 '행여 절름발이를 만나거든…' 이란 말을 생략했던 일을 생각하며 돌아보고 있다. 그 삼십대 여자는 남을 배려할 줄 모르면서 자신의 호기심을 챙기는 데는 똑똑하기만 했다. 나는 마땅히 그 섣부른 호기심에 단단히 못을 박아 두었어야 하지 않았을까? 생각 없는 아이들의 돌팔매에 애꿎은 개구리가 죽는다는 걸 가르쳐 주었어야 옳았다.

호기심 많음도 병인 듯싶은 이 삼십대의 노처녀를 나는 무관심으로 대했다. 여여(如如)니 부동(不動)이니 하는 것과는 거리가 먼 것이었기에 나는 갈등이라는 것까지 경험해야 했다. 처음부터 끝까지 꼬이기만 했던 이 여행은 오래도록 기억 속에 남아 있다. 내가 그녀에게 기대했던 여여한 모습, 머리로야 알고 있지만 실제 나도 잘 모른다. 심신여일(心身如一)의 도리는 언제쯤이면, 얼마나 더 늙어야 내 것으로 지닐 수 있게 될까?

# ··· 뒤로 돌앗!
## 앞으로 갓!

　근시·난시·원시까지 골고루 있는데다가 시야마저 좁아서 길을 가려면 다치지 않도록 땅만 열심히 보며 걸어야 한다. 그러니 모르는 곳을 찾아가는 일은 보통으로 어려운 게 아니다. 먼 곳의 간판을 읽느라 정신이 팔렸다간 바로 옆의 간판이나 전봇대, 가로수 등에 부딪치기 십상이다. 게다가 망막에 병이 있으니 물체의 상이 제대로 잡히지를 않는다. 움푹 패인 웅덩이로 보여 조심하면 그림자인 경우가 허다하다. 이처럼 미덥지도 못하거니와 각종 병을 오랫동안 앓아 오느라 고달픈 눈을 혹사시킬 일도 아니어서 눈 대신 입을 부리고 있다.

　가끔 다른 사람과 함께 모르는 곳을 찾아갈 때가 있다. 이 길이 저 길 같이 생긴데다 표적이 될 만한 것도 마땅히 없어 답답한 경우가 있기도 하다. 온 길을 되돌아가며 몇 바퀴를 돌면서도 남에게 묻는 일이라곤 절대로 없는 대단한 독립심을 가진 이들도 있다. 나는 사람이 뻔뻔해서인가, 남에게 무얼 묻는 일을 부끄러워하거나 미안해 하질 않는다. 어렸을 때에도 모르는 것이 있으면 언제 어디서건 누군가에게 물어서 궁금증을 꼭 풀고야 말았다. 시력이 조금 나아졌을 때에도 방향감각이 없어 늘 남에게 묻곤 했다. 다녀 본 나라가 몇 안 되지만 외국에서 길 묻는 데에도 제법 이골이 났다.

언제나 누구에게나 내가 할 수 있는 가장 상냥한 말씨로 길을 묻지만, 대답해 주는 사람들을 보면 참으로 백인백색. 가장 친절한 이는 역시 경찰관과 군인이다. 수다로 깨가 한창 쏟아지고 있는 여학생들에게 무얼 물었다간 열에 아홉 명은 "몰라욧!"이다. 주름 잔잔하니 곱게 늙으신 할아버지 할머니도 친절하시고, 점잖은 아저씨 아줌마도 괜찮다. 차림새와 사람의 됨됨이는 전혀 다른 것이어서 차림이 점잖다고 사람까지 점잖은 건 아니다.

통계를 낸 건 아니지만 젊은이, 학생으로 내려갈수록 친절의 상대지수가 낮아진다고 느끼고 있다. 길에 다니는 사람들 가운데 젊은이가 상대적으로 많기도 하고, 또 그들 중에는 무직이나 영업 등의 외근 종사자가 많아서가 아닐까 하고 생각해 보면 이해가 안 가는 것도 아니다. 길을 물으려거든 착해 보이는, 그러나 좀 수다스러워 보이는 아줌마를 택하라. 묻지 않은 주변 상황까지 빼지 않고 낱낱이 일러 준다.

그렇다면 상대의 인상을 어떻게 보고 판단하느냐고 물을 수 있겠다. 가로수가 안 보이는 건 시야가 좁아서이고, 상대가 20대 인지 30대인지를 아는 건 눈으로 보는 것이 아니다. 상대가 온몸으로 뿜어내는 정보를 그냥 통째로 받아 들이는 것뿐이다. 안 보이는 것도 제대로 보이는 것도 아닌 상태로 몇십 년이 지났다고 생각해 보라. 모르긴 해도 더 기막힌 재주가 개발되었을 것이다.

나는 길을 물을 때 대개 몇 단계를 거친다. 맨 처음 사람에게 서는 대충 방향만을 배운다. 그이가 아주 친절하게, 자세히 설명해 주어도 내겐 그 신호등이 보이질 않으니 우선 방향만 잡고 가다가 몇 번이고 다시 묻는다. 언젠가 대만에서 이런 나를 알아본이가 있었다. 가르쳐 준 방향대로 걸어가고 있자니까 금방 길을 알려준 그 목소리가 뒤에서 "샤오지에"(영어의 Miz에 해당하는 말)를 외친다.

돌아보니, 오토바이를 끌고 와서는 데려다 줄 테니 뒤에 타라는 것이다. 그는 내가 대답은 하면서도 가리키는 방향을 제대로 보고 있지 않음을 알아챘다고 했다. 길을 걸을 때도 발을 매우 조심스럽게 옮겨서 지독한 근시이거나 약시일 거라고 생각되더란다. 대만인이 베풀었던 이런 친절을 한국에서 받아본 일이 없다는 게 조금은 쓸쓸하다.

　　사람들 가운데는 턱으로 방향을 가리키는 이들이 있다. 나는 빨리 움직이는 물체를 보지 못한다. 언젠가 야구장에서 공이 내 얼굴을 향해 곧바로 날아오고 있는데도 모르고 있었다. 함께 앉아 있던 야구 선수가 나를 넘어뜨리고 공을 잡으면서 내가 그 정도인 줄은 몰랐다고 했다. 그러니 턱이 히뜩 가리키는 방향을 알아볼 리가 없다. 어지간히 먼 곳 같아 보이면 또 다른 사람에게 물어 보겠지만, 바로 근처인 것 같고 지나가는 사람도 없으면 거푸 물어보는 수밖에 없다.

　　지하도 안에서 만난 이가 일러준 대로 출구를 찾아 나오는 데까지는 잘 해냈다. 출구를 나가면 바로 있다더니만 나와 보니 조그만 네거리였다. 바로 바라다 보이는 쪽은 시장통으로 연결되면서 그럴싸한 건물이라곤 없었다. 할 수 없이 지하도 입구 바로 옆에서 손수레에 과일을 놓고 파는 아줌마에게 다시 물었다. 재빠른 동작을 알아볼 수 없어 다시 공손하게 물었다. 이 아줌마 내 얼굴을 한참이나 빤히 들여다보더니 한 말씀 한다.

　　"고 앤경두 모자처럼 멋으로 썼시유?"

　　나는 길을 물어 보는 게 타성이 되어 버린 듯하다. 남에게 폐를 끼치지 않겠다는 각오가 있지만 길찾기만큼은 혼자서 찾아낼 만한 경우에도 남에게 묻곤 한다. 온몸의 신경을 곤두세우고 긴장하기가 싫어서다. 낮에 그런 일이 있던 날이면 초저녁부터 젖은 솜처럼 흐느적거리다가 곯아떨어지고 만다.

한번은 은행 바로 앞에서 은행을 물었다. 점심식사를 하러가는 30대였는데 내가 외국인도 아니고 언뜻 이해가 되지 않는 모양이었다. 대답 대신 실험 결과를 살펴보는 과학도 같은 얼굴을 짓고는 여러 차례 아래 위로 나를 훑어보았다. 하는 양이 불쾌한 게 아니라 귀엽고 재미있어서 나는 장난스럽게 웃어 주었다. 그는 무슨 생각을 했음인지 아주 심각한 얼굴로 자기 손가락을 머리에다 갖다대며 "이것 아닙니까?" 한다. 이 친구 왜 이렇게 심각해지셨나? 내가 정신병자로 보였나 보다.

어느날, 라디오 다이얼을 이리저리 돌리다가 '점자 도서관'이 있다는 것을 알았다. 시청 앞에서부터 열두 번을 더 물어물어 찾아간 곳은 북창동 컴컴한 골목길에 위치한 낡은 빌딩 6층 하고도 옥상. 얇은 합판 몇 장을 못질해서 얹어놓은 판잣집. 들어가 봐야 뻔할 것 같았지만 열두 번을 물어 찾아간 공이 아까워서 둘러보았다. 어이가 없달까? 점자책의 부피를 감안해 보면 장서의 수량은 초등학교 5학년 때 내 방에 있던 책만큼도 아니었다.

계단, 오르긴 쉽지만 내려오기란 여간 어려운 게 아니다. 관절염 앓는 할머니처럼 옆으로 비스듬이 서서 오른발 내린 뒤 왼발 당겨 모으고 다시 오른발 내려딛는 게걸음 방법으로 내려간다. 6층에서 1층까지 140여 개의 계단을 내려오는데 족히 30분이 걸렸다. 미끄럼 방지용 끝쇠가 빠지려거든 몽땅 없을 노릇이지, 띄금

없이 몇 개가 빠지려다 말고 한끝만 간신히 붙어서는 사람의 진땀을 짜냈다.

북창동 좁고 어두운 골목을 걸으면서 뇌 속에서 파도가 사납게 일렁였다. 헬렌 켈러, 한국에 살았어도 헬렌 켈러가 되었을까? 아무나 하는 게 아니라는 생각, 그런 생각을 하게 되었다는 게 기막혔다. 이때만큼 묵직하게 '절망'이란 단어를 음미한 적이 없다. 분명 아픔과는 다른 것이었다. 마디마디가 저려오는 허탈, 그리고 공포였다.

잔뜩 기대를 안고 고생고생 찾아간 점자 도서관, 난 거기에서 온몸의 피가 조용히 빠져나가는 허탈을 읽고 있었다.

# ··· 미영순을
## 몽땅 내놨습니다

　　10년 전쯤 TV에서 다큐멘터리를 찍은 적이 있다. 외출 장면을 촬영하는데, 옷을 꺼낸 뒤 갈아입었다 치고 가방을 챙겼다. 장애인수첩부터 챙기고 지갑 넣고 손수건 휴지도 넣고···. 촬영 끝내고 병원에 들르려고 의료보험증을 넣자 누군가가 감탄 비슷한 소리를 냈다. 혹여 넘어져서 다칠까봐 알뜰하게 보험증을 챙긴다고 생각한 모양.

　　외출 때 다칠까 봐, 아니 죽을까 봐 틀림없이 챙기는 건 보험증 말고 따로 있다. 바로 '장기기증 등록증'이다. 골목 안 구멍가게에 두부 한 모를 사러갈 때도 두부값보다 먼저 등록증을 꺼내든다. 뇌사시 곧바로 처리되려면(?) 이 증명서는 결코 나와 헤어져서는 안되는 붙박이다.

눈을 비롯하여 쓸 만한 건 죄다 골라 쓰고 남는 건 연구용이든 실습용이든 알아서 쓰라고 했다. 언젠가 중국 가는 비행기가 난기류를 만나 요동을 쳤다. 순간 한 생각이 스쳤다. 그래, 등록증 뒷편에 영어를 써붙이자. 한글 모르는 데서 안 죽는다는 법 있겠어? 사무처 직원을 귀찮게 해서 기어이 영문판을 받아냈다.

대만에서 논문을 쓰던 1987년 여름, 뇌사 상태로 2, 3일을 버티다 간 학생 곁을 지킨 일이 있다. 방학 때 언어연수 왔다가 오토바이를 잘못 몰아 사고를 냈던 것이다. 젊은 영혼의 생과 사가 갈리는 순간, 그것은 소리 없는 절규였다. 육친이 다가설 때 눈물을 흘리던 뇌사자는 여리지만 날카로운 기계음의 긴 여운과 함께 호흡을 멈추었다. 그 치열한 생사의 현장을 목도한 나, 그 여름 내내 생과 사의 문제를 생각했다.

그리하여 귀국 후부터 돌려주는 삶이 시작되었다. 정세의 변화를 관찰하고 예측하는 연구논문을 발표한다거나, 학교에서 강의하는 일은 그동안의 경험과 공부를 방출하는 방식이다. 그동안 내가 받아들인 건 학문이나 지식만은 아니다. 나를 아끼는 모두의 사랑과 도움이 훨씬 크고 많다. 이들을 어떤 형식으로 사회에 환원한다?

뜻이 있어서였는지 장기기증 단체를 알게 되었다. 생전 기증은 못하고 사후 기증만 등록했다. 신장 하나쯤 떼어내도 끄떡없게 살 수 있을 것 같은 마음이지만 선뜻 꺼내주질 못한다. 혼자 화장실 찾기 어려울 때가 많아 저장탱크가 작아지면 곤란하다. 고속버스를 타고 부산으로 가면서 우리 땅이 일천 오백 리인 걸 무척 고마워하지 않았던가.

1969년에 안구은행이 생겼다. 실명까지 경험한 내 눈을 등록하겠다고 하니 모두들 손을 내저으며 말렸다. 스테로이드계 약, 위를 보호하는 약, 강장제, 눈의 피로 해소에 도움이 되는 두세 가지 비타민제가 입으로 들어갔고, 점안액, 연고제 그리고 주사약까지 눈으로 직접 들어갔다. 바람만 슬쩍 불면 눈 속의 염증이 악화되어 안과엘 쫓아가야 했다. 이 난리를 겪으면서 간신히 지켜낸 저시력. 하지만 실명한 이에겐 이거라도 어딘데. 눈 좋은 이들이 그걸 알 수가 있나.

사람이 어지간히 시원치 않은 탓에 내가 무얼 좀 해보겠다면 말리는 일이 왜 그리 많은지…. 힘도 안들지 돈이라곤 한푼도 낼 것 없고 내 몸에 좋기만 한 헌혈, 그걸 몇 번 못해 봤다. 혈압이 헌혈의 자격미달이다. 이젠 또 나이가 적지 않다고 참아 달란다. 남의 도움을 많이 받고 사니까 힘이라도 좀 들여서 갚아야지, 그렇게 공짜로 때우려면 안된다는 건지….

특정 종교를 갖지 않아도 좋다. 전생과 후생을 믿지 않아도 상관 없다. 금쪽보다 더 귀한 내 일생이라는 것도 우주순환으로 보자면, 봄에 핀 잎새가 가을에 지는 하나의 과정이라는 철학에 전적으로 동의한다. 일생은 하나일 뿐, 연습도 반복도 없다는 그것만 안다. 이걸 어찌 대충 건성으로 살아버리겠는가. 치열하지 않을 수가 없다.

환원은 노년이 된 뒤에 비로소 시작하는 걸까? 그 노년이 있을지 없을지도 제대로 모르면서? 그냥 짬짬이 틈틈이 힘에 부치지 않는 정도로 조금씩 환원하고 있다.

'남김없이'를 목표로.

제 아무리 금쪽보다 귀한들 우주순환의 짧은 과정인 것을, 무엇을 아끼고 어디에다 남겨두랴.

그래서 '미영순을 몽땅 내놨습니다'

# 해를
# 가리지 않는다

마감. 생명의 마감을 죽음이라 부른다. 내가 이해하고 있다고 생각하는 건 죽음의 전단계일 뿐, 죽음 그건 모르겠다. 죽음이

어떤 경계라고 친다면 나는 이쪽에서 이쪽의 눈과 생각으로 그 경계까지만 바라볼 수 있기 때문이다. 엄청난 지진의 한가운

데에 있어 본 적이 있다. 세상이 까마득해지면서 찰나 죽음의 문턱이 건너다 보였다. 그러나 죽음도 그 너머도 내 기억 속에

는 없다. 죽음이나 그 너머가 조금도 궁금하질 않아서 아예 관심이 없고, 관심 밖의 일이니 아는 게 없어서 두려워해야 하는

지 아닌지조차 모르고 산다. 언제나 오늘만을 살 수 있기에 내일이 어떨지 미리 안다고 한들 그 내일은 늦출 수도 당길 수도

없는 것, 그저 오늘이나 열심히 살기로 했다.

# ··· 왼쪽이 아닌
## 오른쪽이 되고픈

　종일을 오락가락하던 비가 저녁 나절이 되자 세차게 쏟아지기 시작했다. 장대비 퍼붓는 산사(山寺)에는 어둠이 빨리 찾아 든다. 하늘을 가린 나무 잎새를 훑으며 떨어지는 빗줄기가 철철철 가슴 속으로 흘러내린다. 돌쩌귀에 고인 물을 받아 쓰는 욕실은 얼음 궁전의 그곳을 닮았다. 전깃불마저 없고 차디찬 벽과 바닥이 내 미적지근한 체온을 빼앗는다. 산사에는 인간의 언어가 없어진 지 이미 오래되었다. 땅으로 마음으로 좍좍 쏟아지는 빗소리를 온몸으로 들으며 가물거리는 불빛을 따라간다. 비에 젖은 땅을 더듬는 발끝이 제법 미끄럽다.

　비에 젖은 몸을 씻어내고 욕실 밖으로 나오니 누군가 나를 데리러 나와 있다. 촛불이 희미하게 비치는 섬돌에 올라서서야 욕실에 놓고 온 것이 생각나 다시 욕실로 되돌아 가려 했다. 불편한 나를 대신해서 그가 다녀왔다. 어둡지만 않았다면 결코 그 일을 대신 시키지 않았을 것이다. 물이 흐르는 섬돌에 서서 그를 기다리며 눈물 같은 빗물을 흘렸다. 남에게 짐이 되어 살도록 마련된 나의 삶을 슬퍼하며….

사람이란 혼자서 살 수는 없기에 '인(人)'이라고 글자를 지었다고 했다. 남을 받쳐 주는 오른쪽이야 떳떳하겠지만, 남이 없으면 넘어지도록 만들어진 왼쪽에겐 그 얼마나 어이가 없는 일인가. 아버님 날 삼기실 제 아버님은 또 그 아버님이 삼기셨음이니, 억겁의 인연으로 얻어진 내 기막힌 생명이 어찌하여 그 왼쪽이더란 말이냐. 쏟아지는 비야, 네가 나를 대신하여 통곡하라. 왼쪽이 아닌 오른쪽이 되고픈 내 가여운 소망을 서러워하라.

기도란 바라는 바가 이루어지기를 신에게 비는 것이라고 풀이하고 있다. 그래서 난 기도를 드리지 못한다. 절대 능력을 지닌 신을 모르기 때문이다. 참선으로 지낸 숱한 밤에도, 무릎에 피멍이 들도록 밤과 낮을 바꾸어 절을 할 때에도 난 기도를 올리지는 못한다. 그저 나는 나일 수도 아닐 수도 있음을 확인하고자 할 따름이다. 바라는 바를 이루어 달라가 아니고, 스스로 이루어내겠다고 다짐하느라 온밤을 지새고 절을 했었다. 그러느라 난 이제까지 울 수도 없었다. 아직 내 자신에게 한 다짐을 제대로 이루어내지 못했기 때문이다.

　지금 산사에는 적막만이 흐르고, 가슴으로 흐르는 빗소리뿐. 기도의 의미를 다시금 새겨 본다. 내가 '바라는 바'는 도대체 무엇일까? 오른쪽이 없더라도 그리 쉽게 허물어지지는 않는 왼쪽, 나 자신과의 다짐을 제대로 지켜온 걸까?

　쓰러지지 않는 왼쪽보다는, 나 아닌 남을 받쳐 주는 오른쪽의 흐뭇함을 온전히 나의 것으로 하고 싶다.

# ··· 나뒹구는
## 문화재 살리기

일요일 오전, 밀린 일을 대충 마치고 나서 커피 한 잔의 안식을 즐겼다. 문득 몇 년 전의 일이 떠올라 잠깐 웃었다.

동료 한 사람이 북경을 다녀온 적이 있었다. 종교가 없는 그는 툭하면 한국에는 어째서 통통한 부처님 일색이냐고 묻곤 하더니, 기어이 북경에서 천상천하 유아독존상(天上天下 唯我獨存象)을 사들고 돌아왔다.

한대(漢代)의 작품이라며 중국 돈 100원을 불렀으나, 이것저것 트집을 잡아 단돈 10원에 사왔단다. 먹고 살기만도 힘에 겹던 시절, 문화재라는 말조차 모르고 지낸 그 긴 세월 동안 이 유아독존상처럼 헐값에 팔려 나갔을 우리의 문화재는 과연 얼마나 될까?

꽤 오래 전 일인데, 광복절에 맞추어 상해 임시정부 요원들의 유해를 모셔왔다. 일본이 수탈해 간 우리의 문화재는 도대체 얼마나 많을까? 그 중 절반 이상은 불교 문화재일 것이다.

아스카, 나라, 교토 등지의 사찰에서 우리 선조들이 일본 사람들에게 만들어 준 불상을 보면서 자긍심에 가슴이 뿌듯하기도 하겠지만, 대마도에 흩어져 있는 100여 점의 통일 신라, 고려의 불상들을 보게 되면 착잡해짐을 면하기 어려울 것이다.

모두 왜구들이 노략질해 간 것일까? 조선시대의 통신사들이 선물이랍시고 집어다 준 걸까? 지금도 문화재를 반출하여 한탕해 보려는 한심하기 짝이 없는 위인들이 가끔씩 신문을 더럽힌다. 더욱 경악케 하는 것은, 북한에 있는 옛 문화재들이 중국으로 밀반입되어 뒷거래되고 있다는 점이다. 비밀리에 진행되고 있기는 하지만 경제 위기에 몰린 북한이 조직적으로 그런 짓을 한다니, 서글픔이 가슴을 저민다.

이런 문화재 사범들처럼 악랄하진 않지만, 외국에서 흘러 다니고 있는 우리 문화재를 수수방관만 하고 있는 우리 모두도 한심한 사람들이다. 일부 재력가가 개인적으로 한두 점 사들이는 예가 없지야 않겠지만, 범국가적으로 이런 문제를 논의하고 적절한 대책을 강구했어야 하는 게 아닐까?

경제가 어렵긴 하지만 이제는 먹고 살기에 급급해하던 때가 아니다. 신라와 고려의 불상들이 지금 어느 외국에서 돈 많은 사람들의 눈호사를 위하여 이리저리 흘러다니고 있다고 생각해 보라. 우리의 잃어버린 문화재를 한 점이라도 찾아들이는 일과, 성지 순례를 한다고 인도나 티벳, 미얀마로 나들이하는 일 중 어느 것이 더 시급한 일일까?

모든 일에는 완급과 경중이 있다. 지도자나 지도적 역할을 담당하는 기관은 이를 제대로 판단할 줄 알아야 한다. 관광 붐이라는 시류를 이용하여 돈이나 벌자는 듯한 인상을 풍기는 일은 피하는 것이 옳은 줄 안다.

먼저 깬 사람은 저 혼자만 깨어 있지 말고 다른 이들을 깨우는 데 좀더 용감해져야 한다. 유실된 우리 문화재를 한 점씩이라도 찾아들이는 일을 미루어 둘 수 만은 없다. 뜻 있는 사람들이 이제부터 머리를 모아 보자. 늦었다고 생각될 때가 바로 일을 시작해야 하는 때라고들 하지 않던가.

# ···아름다운
## 마감을 위하여

곳곳에서 가을의 냄새가 향기롭다.

이걸 '마감의 미학'이라고 부르면 너무 비장한 생각일까? 지겹게 긴 여름 끝에 가을도 겨울도 아닌 봄이 냉큼 다가와서 들러붙는 남쪽 나라 대만에선 가을이 마음에만 머물다 가곤 했다. 6년쯤을 이 남쪽 나라에서 살던 어느 11월에, 쓰던 논문이 지겨웠던가 느닷없이 우리나라의 가을이 보고 싶었다. 단풍·낙엽·투명한 쪽빛 하늘… 미치도록 그런 것들이 보고 싶어졌다.

서리 내린 아침의 코스모스 길, 이가 시리도록 스며드는 그 싸늘한 상쾌함이 목이 메이게 그리워서 속옷 서너 가지 달랑 싸들고 무작정 한국행 비행기를 탔다.

서울에는 가을이 벌써 떠나고 없어 경주로 쫓아갔다. 안압지 들녘은 금잔디 물결, 첨성대가 배경으로 기대어 선 하늘은 싸늘

한 사파이어, 하나같이 눈물겹게 곱기만 한 빛깔이었다. 석굴암에서 굽어본 가을 산은 잘 구워낸 비스킷의 달콤한 갈색.

마감의 빛깔은 그렇게 황홀한 것이었다. 붉은 잎새 얼키고설킨 단풍나무숲 속에서 "불이야!" 외쳐도 보았다. 자연은 이처럼 산도 들도 물도 하늘도 나무도 다 마감의 미학을 알고 있었다. 자연 속의 작디작은 한 점인 나는 마감의 빛깔을, 마감의 향기를 어떤 것으로 마련한다? 20년을 사색해온 내 마감의 빛깔, 아직도 채색을 시작하지 못하고 있다.

마감. 생명의 마감을 죽음이라 부른다.

내가 이해하고 있다고 생각하는 건 죽음의 전단계일 뿐, 죽음 그건 모르겠다. 죽음이 어떤 경계라고 친다면 나는 이쪽에서 이쪽의 눈과 생각으로 그 경계까지만 바라볼 수 있기 때문이다. 가을 없는 나라 대만엔 지진만 많다. 여러 사람이 죽어나간 엄청난 지진의 한가운데에 있어도 보았다. 세상이 까마득해지는 찰나에 죽음의 문턱이 건너다 보였다. 그러나 죽음도 그 너머도 내 기억 속에는 없다.

죽음이나 그 너머가 조금도 궁금하질 않아서 아예 관심이 없고, 관심 밖의 일이니 아는 게 없어서 두려워해야 하는지 아닌지조차 모르고 산다. 언제나 오늘만을 살 수 있기에, 내일이 어떨지 미리 안다고 한들 그 내일은 늦출 수도 당길 수도 없는 것. 그저

233

오늘이나 열심히 살기로 했다.

내일이란 결국 그 내일의 오늘. 날마다의 오늘을 가지고 사람들은 어제랬다 내일이랬다 변덕을 부린다.

어제는 종일 글을 썼는데 오늘은 생각지도 않던 객이 찾아왔다. 집에서는 말해볼 기회라곤 없던 내가, 중국차를 주랴, 커피를 마시랴, 아니면 푹푹 삶은 계피차는 어떠냐… 종달종달. 어제난 조용한 그 오늘을 좋아했다. 오늘도 난 시끌시끌한 오늘이 좋았노라고 말하려 한다. 오늘이 어제와 달라서 즐거웠다면 오늘과 다른 내일인들…. 그래서 난 내일을 궁금하게 여겨야 할 이유를 모른다. 오늘 저녁처럼 내일 저녁에도 난 즐거운 오늘을 마감할 게다.

집 전화번호가 3303. 대통령선거가 한창이던 오래 전, 새벽에도 한밤에도 0303을 찾는 전화가 걸려왔다. "그냥 영삼은 없고 삼삼한 영삼만 있네요." 조금은 짜증스러운 오늘 내일이었지만 내가 덜 짜증스럽게 만들면, 너도 웃고 나도 따라서 웃지 않을 수 없다. 내일이 괴로워진대도 그걸 덜 괴롭게 만들 수 있는 내가 있다면, 내일이 괴로울까 조바심할 일은 없겠다. 며칠 후 떠날 여행가방을 꾸리고, 그 다음의 강의 내용도 훑어보고, 소년원 아이들과 보낼 연말 계획까지 챙기면서 내일의 또 내일까지를 꼭 오늘인 것처럼 알고 산다.

생명의 기원에 대한 부처님의 말씀은 독화살이다. 죽음이나 사후에 대한 답은 침묵이다. 부처님께 여쭈어볼 일은 없지만 답을 들은 걸로 여기고 있다. 독화살을 뽑아내는 것이 중요하지, 그 독이 무슨 독인지 누가 쏘았는지 따지는 것은 소용없다는 말씀. 또 죽음이라는 관념에 대해 머리로 이해하려고 하는 것은 어리석다고도 하셨다. 윤회를 한대도 아니 한대도 오늘의 나 미영순과는 상관이 없다. 어느 때 어디엔가에 또 다른 내가 생겨난다 해도 그건 그때의 나일 뿐, 지금의 나와는 단절된 인식을 가질 터, 미영순 나는 이미 아니다.

전생을 모르는 내가 수백 번을 다시 태어난들 그 내가 전생의 이 나를 기억해 낼 만큼 똑똑해질 것 같지가 않다. 전생의 내가 누구였는지를 몰라서 오늘이 즐거운 나는, 내생의 내가 오늘의 나를 몰라서 즐겁기를 기대한다. 이래서 윤회야 하거나 말거나 내일을 몰라서 오늘을 곱게 마감하려는 나를 사랑한다.

죽음. 슬픔이 깃들어 있는 말임에 틀림이 없다. 부모님 영전 앞에 눈물 쏟는 건, 내가 다시는 뵐 수 없게 된 그 마지막이 서러운 탓이다. 죽음이 내 몫이라면 더는 볼 수 없게 된 나를 남들이 슬퍼해 줄지도 모르겠다. 다행히 나의 마감이 아름답다면 라스트 신이 오래도록 기억에 남는 좋은 영화이리라.

곧 마감의 미학이겠다.

# ··· 이젠 그만,
## 남의 얼굴 읽기

추진중인 프로젝트와 관련하여 유명인사 모씨의 아들을 만난 적이 있다. 아버지 얼굴에 먹칠하며 살아온 50년의 역사가 그 얼굴에 기록되어 있었다. 가문을 배경으로 신분을 과시하고는 있었지만 나에게 연구소를 하나 지어 준대도 10분 이상을 함께하고 싶지 않은 인물이다. 분별을 내지 말라는 것이 불교 가르침의 기본 중의 기본, 그러나 지키기가 어렵다.

자신의 얼굴에 책임을 지라는 귀한 말이 있다. 사람들이 제 뱃속을 얼굴에 드러내고 다니니 관상을 따로 배우지 않아도 살다 보면 사람 보는 눈이 뜨이게 되는가 보다. 모씨 아들을 보는 내 눈이 스스로도 신통하리만큼 정확해서 그 분별이라는 걸 버리기가 쉽질 않다.

지금은 겨우 얼굴에 남은 기록이나 판독하는 정도지만 한때는 남의 운세까지도 곧잘 보였다. 그런 쓸데없는 재주를 없애려고 무던히 애를 썼었다. 오늘처럼 상대방에 대한 역사 판독이 정확한 날이면 이따금 그때가 생각나서 혼자 웃기도 한다. 이른 아침부터 관상을 보아 달라고 찾아 오는 사람까지 있었으니….

주변에 미국 이민을 목표로 눈물겨운 노력을 하는데도 번번이 뜻을 이루지 못하는 의사가 있었다. 아무리 감을 잡아 보아도 그에게선 외국으로 떠나는 따위의 갑작스런 변화가 느껴지지 않았다. 그가 몇 번째인가의 시도에서 좌절하고 말았을 때 곁의 사람들이 언제쯤이면 떠날 수 있겠는지 나에게 보아 달라고 했다. 나는 그가 젊음을 낭비하는 것 같아 이민을 포기하고 국내에서 발전을 도모하는 것이 좋겠다고 했다.

이때 나는 참으로 귀중한 경험을 했다. 상대방을 고무시키는 말이 아니거든 입 밖에 낼 필요가 없다는 사실이다. 비싼 밥 먹고 남을 불쾌하게 만들 까닭이 없다. 나는 진심으로 그를 위해서 말했다고 생각하지만, 상대의 오기를 돋우어 일을 그르칠 수도 있다. 그는 몹시 흥분했고, 얼마 뒤 간호사와 결혼했다. 아내는 곧 이민이 허용되어 미국으로 떠났고, 형제까지도 이민이 쉽던 때였으나 어쩐 일인지 당사자인 그는 해가 바뀌어도 떠나질 못했다. 아주 오래 뒤, 그가 병원을 떠나 전혀 엉뚱한 직종에서 일한다는 소식을 들었다.

또 언젠가 직장 여자후배의 얼굴에서 서기(瑞氣)가 넘쳐나 보였다. 나는 무슨 좋은 일이 있느냐고 물었고, 아무 일도 없다는 대답에 그럼 곧 생기겠다고 말해 주고는 그 일을 잊고 있었다.

한 달 아니면 두 달이나 지났을까. 그녀가 결혼을 한다고 했다. 내가 좋은 일 있겠다고 하던 날 퇴근 후 선을 보기로 되어 있었는데, 별로 내키지 않던 참이라 딱지를 놓으러 나갔다가 번개에 콩 볶듯 결혼에 이르게 되었다는 것이다. 이런 소문이 하나둘 퍼졌는지, 내가 출근하기도 전부터 와서 나를 기다리는 사람이 생겨났다. 웃어야 할지 울어야 할지….

집이 수유리였으니 출퇴근시 하루에 두 시간 정도는 버스 속에서 보냈다. 과도기적 현상으로 이상한 능력들이 생겨 잠시 참선은 중단한 터이고, 내 눈을 가지고 남들처럼 버스에 앉아 시집을 읽을 처지도 못 되었다.

어느 샌가 무료한 버스 속에서 남의 얼굴 읽는 재미를 알게 되었다. 남의 책장 속에 꽂혀 있는 일기장을 주인 몰래 슬쩍 꺼내 보는 재미가 그와 같지 않을까. 무표정하게 앉아 있는 이의 얼굴에 기록되어 있는 그 사람만의 역사, 존경스러운 것도 안타까운 것도 요절복통할 것도 있어 한 2년여 싫증이 날 때까지 혼자 재미있어 했다.

그러다가 차츰 남의 얼굴 읽기에 싫증을 내게 되었다. 사람들의 살림살이라는 것이 다 거기서 거기여서, 할 걱정 안 할 걱정 모두를 끌어안고 혼자 방아를 찧다가 또 별일도 아닌 것에 좋아라 날뛴다. 남과 좀 색다른 역사를 기록한 얼굴도 이따금씩 만나긴 했다. 그러나 그것도 별 신기한 것은 못되었다.

버스 속 무료함을 없애려고 시작한 남의 역사 훔쳐 보기. 몰래 남의 방을 엿보는 것 같아 미안했다. 그래서 요즘은 차라리 눈에 도움이나 되라고 잠을 청하곤 한다.

# ··· 비겁한
# 쉰세대의 변명

토요일 오후, 청년회 후배들을 만나기 위해 대문을 나서자니 골목 어귀에 있는 전봇대 아래서 희한한 일이 벌어지고 있었다. 웬 꼬마가 강아지를 끌고 와서는 전봇대에 대고 함께 볼일을 보고 있었다. 웃음이 절로 나왔다. 예쁜 목걸이를 하고는 뒷발 치켜든 강아지 꼴이나, 앞머리를 보글보글 볶고는 강아지하고 누가 더 멀리 보내나 내기하고 선 꼬맹이 꼴이나, 그저 귀엽기만 했다.

일주일에 한 번씩 봉사활동에서 만나는 젊은이들이 있다. 이들은 나와 얼마만큼의 거리에 자리하고 있는 걸까? 강아지와 쉬내기를 하고 선 개구쟁이처럼 그저 귀엽고 우습기만 한 그 정도의 거리일까? 다른 이와의 사이가 먼지 가까운지를 알아볼 수 있는 기준은, 그가 실수를 하거나 잘못했을 때 내가 얼마나 안타까워하는가에 있다고 생각한다.

　길을 가다가 젊은이가 형편없이 구는 꼴을 보게 되었다고 치자. "뭘 봐?" 하고 대들까 봐 못 본 체하고 얼른 비켜가는 사람이 나쁜일까? 저런 자식을 길러 내느라 욕깨나 보았을 그 어머니를 딱하게 여길 뿐, 내가 안타까울 일은 없다.

　하지만 이곳에 봉사하러 온 젊은이들이 내 상식을 벗어나는 언행을 할 때면 조금은 안타깝다. 그들이 이제까지 배운 '바른생활' 대로 잘 행동해 주기를 바라게 된다. 그래서 난 그들과 제법 가까운 사이라고 여겨 왔다. 그런데 잘못 생각했던 것 같다. 내가 아끼고 싶고 안타까워하는 건 이 단체 구성원의 막연한 다수이거나 단체 그것이었지 특정 개인이 아니라는 걸 어느 때 알게 되었다. 그런 생각을 심어준 젊은이를 길에서 마주쳤다. 더운 날 빙수 한 그릇이라도 먹여 보내야겠지만 바쁘다며 얼른 스쳐 지나왔다.

　언젠가 그를 포함한 일행과 봉사차 먼 길을 함께 떠났다. 그런데 웬 수다가 그리 많던지. 봉사 활동을 간다기에 기특하여 따라나섰건만 놀이를 나섰는지 고속버스 삼분의 일을 차지하고는 화통을 삶아댔다. 어떤 아저씨가 참다못해 좀 조용히 하라고 나무랐다. 어찌 된 영문인지 아랑곳하지 않는다. 창피하게 왜들 이러느냐고 하자 반응이 맹랑하다. 급기야는 기사가 차를 세워 놓고 쫓아와서 목에 핏대를 세웠다. 나는 두 번 다시 그 봉사 길에 따라

나서지 않았다.

이렇듯 유쾌하지 못한 추억이 그를 그냥 보내게 했다.

중국에서 돌아오던 이튿날, 수련회를 떠나게 되었다. 나에게 방을 따로 마련해 주었다. 그런데 젊은이 하나가 병이 났다며 아침마다 건너와 자리를 펴고는 잤다. 때로 아프기라도 하고 싶은 마음이 정말로 병나게 할 수도 있다는 걸 모르는 바 아니지만 꾀병일 수도 있었다. 처음엔 깜박 속아서 감기에 걸렸느냐 몸살이 났느냐며 수선을 떨었지만 금방 병명을 찾아낼 수 있었다.

점심을 먹고 돌아오니 그제야 일어난 듯 머리 단장이 한창이다. 내 보따리를 뒤져 린스 병을 찾아내선 헤어로션으로 여기고 열심히 바르고 있었다. 중국어로 린스라고 씌인 병에는 물비누를 담아 갔는데 말이다. 이부자리는 둘둘 말아 한구석에 밀어 놓고 온 방바닥에는 머리카락을 널어 놓은 뒤 배고프다며 뛰어나갔다. 혀를 내두르며 감탄했다. 이튿날엔 아예 자리에서 점심까지 받아 먹은 뒤에 일어났다.

낮 12시가 넘도록 퍼질러 자던 이런 놈에게 새벽 4시에 일어나 예불드리고 참선하고 천팔십 배까지 하라고 했으니 병도 날 만했다. 밤에 노래자랑이 있던 날, 그는 스타 탄생을 즐겼다. 음반 취입하는 것이 꿈이라니, 모르긴 해도 밤이 새도록 노래방에서 악쓰고 잠은 낮에 잤던 모양이다. 제 집에서 그리 길러 낸 걸 가지고 잘했느니 못했느니 따질 일도 아니고, 한심한 눈으로 한번 쳐다보았을 뿐 내가 안타까울 이유는 없었다.

그렇지만, 젊은이들이 실수를 할 때 난 어찌 대했어야 옳았을까? 속아주는 체하고 있다는 걸 넌지시 알게 하여 스스로 부끄럽게 여기도록 해야 옳았을까? 아니면 따끔하게 나무라며 세상이 제 집 안방처럼 만만하지만은 않다는 걸 가르쳐야 했을까? 만약 그랬다면, 차마 입 밖으로까지는 내지 못했겠지만 속으론, '남이야…' 라고 하기가 십중팔구. 어쨌거나 내 얼굴과 내 마음을 아끼기 위하여 강 건너 불인 양 구경만 한 나는 비겁한 쉰세대임에 틀림없겠다.

지금 내가 안타깝게 여기는 건, '인내' 라는 말을 전혀 배우지 못하고 자라 버린 어떤 한 젊은이가 아니다. 진부한 인습과 가난 속에서 오로지 인내만을 강요당하며 성장했던 지금의 쉰세대이다. 한이 맺혀서였을까? 그 자식들에게 인내 가르치기에 게을렀다. 월남의 정글에서, 독일의 지하 탄광에서, 아라비아의 사막에서 피와 땀을 팔아 벌어 들인 돈으로 자식을 가꾸었다. 못다한 자신의 꿈을 가꾸듯. 인내를 배우지 못한 채 저만 알고 자라 버린 신세대가 쉰세대의 아픔을 얼마나 이해해 줄까? 그런 쉰세대가 가엾다는 생각을 해보기나 했을까?

KBS에서 방송좌담이 있었다. 대학생들이 기성세대를 매도하고 성토하느라 침을 튀겨댔다. 듣다 못한 대학교수가 팔을 걷어

붙였다. 우리가 무슨 대단한 죄를 그리도 많이 지었는지 따져 보자며 언성을 높혔다.

　기성세대, 억울하겠지만 죄는 분명히 있다. 낡은 인습을 깨뜨릴 줄만 알았지, 새로운 질서를 마련해 두질 못했다. 인내와 복종으로만 살아온 세월이 원통해서 다음 세대에게 꼭 필요한 것을 가르치지 않은 게 바로 쉰세대의 죄다.

# 인간다운,
# 너무나 인간다운

오래전 추억이다. 여행의 참멋을 알고 싶거든 기차를 타야 한다기에 새벽 5시경에 떠나는 첫기차를 탔다. 정거장에 울타리 삼아 심어 놓은 해바라기를 바라보기도 하고, 촌색시처럼 수줍은 맨드라미와 백일홍을 굽어보기도 했다.

대구에서 가야산으로 가는 버스를 탔다. 해인사 홍제암에 이르러 가방을 내려놓았을 때는 저녁 8시 반.

홍제암 공양주에겐 딸 하나가 있었다. 7살이라는데도 영 콩알만했다. 내가 입고 있던 블라우스를 뜯어 멜빵 달린 스커트를 해 입힐 때까지 이 아이는 구멍 뚫린 팬티 하나로 그 여름을 보내고 있었다. 큰 사미니(예비여승)는 미운 얼굴은 아니었지만 꼭 사미

(예비 남자승려)처럼 건장했고 힘든 일을 도맡아 했다. 작은 사미니는 가냘픈 몸매에 커다란 눈이 퍽 인상적이었다. 대구의 어느 고등학교에 다닌다는 이 뽀오얀 사미니는 영어사전을 들고 왔다갔다 할 뿐 일은 거의 하지 않았다.

원주 스님께선 끼니 때마다 내 입맛을 걱정하며 꼼꼼히 챙겨 주셨다. 세심하게 살펴 주시는데도 나는 원주 스님이 영 마음에 내키지 않았다. 큰 사미니와 하얀 사미니를 대하는 모습을 보면서 콩쥐만 부려먹는 팥쥐 엄마를 생각했다.

하얀 사미니의 임무는 새벽에 도량석을 도는 일이었다. 세상이 아직 깊은 잠에 들어 있을 때 맑은 목탁을 울려 나를 깨웠다. 하얀 얼굴에 커다란 눈망울이 어딘가 슬프거니와, 울음 서린 듯한 그 목소리가 더욱 그러했다. 홍제암에 있던 그 한 달 동안 나는 서럽도록 눈이 큰 소녀의 환영을 보면서 새벽을 열곤 했다.

하얀 사미니는 나를 언니라고 부르며 영어책을 갖고 와 해석해 달라기도 하였다. 나는 별명이 사관생도일 만큼 군것질도 시간에 맞추어 정량만을 먹는 편이다. 그것을 알게 된 하얀 사미니가 시간에 맞추어 잘 구워진 누룽지를 골라다 주었다. 이토록 곰살맞은 솜씨로 원주 스님을 제 편으로 만들었나 보았나 하고 생각했다.

홍제암에 머무른 지 두 주일쯤 되어가던 어느 날 바람결에 무슨 냄새를 맡았다. 인삼과 대추를 넣어 잘 고아진 백숙 같았다. 사시(巳時)가 조금 안 된 오전 시각에 대나무숲 뒤켠에서 풍겨 오는 냄새가 예사롭질 않았다.

세종 때, 형인 양녕대군이 주지스님으로 있는 절 마당에서 고기를 구워 먹으며, 살아서는 동생이 왕이요 죽으면 형이 부처일 터인데 걱정할 게 무어냐던 한객(恨客)이 떠올라서 호기심이 동했다. 당시 내 별명엔 '비무장지대의 군견'까지 추가되어 있던 터. 그 밤, 홈즈 같은 대탐정이라도 된 듯한 기분으로 현장을 찾아 나섰다. 그런데… 지금까지도 나는 그 때의 경망스러움을 부끄러워하고 있다.

원주 스님은 하얀 사미니의 병이 깊어서 약으로 닭을 고고 있었던 것이다. 2시간 걸리는 대구로 통학을 한다는 것도 쉬운 일은 아니었다. 하얀 사미니는 목탁소리로 세상을 깨우듯, 자신에게 깃든 병마를 깨워 달라고 간절히 빌고 있었다. 그러니 나는 늘 기원하고 있는 소녀의 환영을 보면서 나의 새벽을 열었던 것이다. 원주 스님께선 그런 사미니가 걱정되어 늘 염주만 돌리고 계셨던 것이고….

요즘 같으면 하얀 사미니의 병은 큰 병도 아니다. 하지만 어렵던 그 시절에는 폐병이라면 모두들 무서워했다. 일이야 하지 않는다 해도 머슴처럼 일하는 큰 사미니를 보며 작은 사미니의 마음은 편하지 않았으리라. 약이야 원주 스님께서 챙기셨지만, 몸과 마음을 편히 쉴 곳이 그 하얀 사미니에겐 없었다.

숱한 대중이 모여 사는 해인사 옆의 홍제암. 큰 사미니는 김매러 밭에 가고, 공양주가 콩알 달고 대구로 장보러 간 사이, 원주스님은 대나무숲에 숨어 병든 사미니에게 약병아리를 고아 먹였다. 그게 체하지 않고 제대로 약이 되었을까?

그 뚱뚱한 원주 스님의 찡그린 얼굴을, 고뇌 어린 표정을 지금도 잊지 못한다. 그때부터 나는 스님을 나와 같은 피가 흐르고 있는 보통의 인간으로 바라보게 되었다. 머리카락 잘라내듯 부모형제의 연을 끊고 산 속으로 들어간 사람들. 그래서 스님네는 출가할 때 모든 사람들을 버린 별종일 거라는 나의 어리석은 소견을 버렸다.

불자이면서도 스님을 거룩하게(?) 우러러 받들지 않는 나를 못마땅하게 여기는 사람들을 가끔 만난다. 그때마다 나는 스님들에게서 인간 이상의 것을 요구하지 말자고 얘기한다. 중생과 더불어 울 줄도 웃을 줄도 모르는 탈인간(脫人間)이라면, 도대체 누구를 위해 보살행을 닦는단 말인가.

병든 사미니를 위해 고뇌하고 기도하시던 원주 스님의 인간다운, 실로 인간다운 그 모습을 나는 늘 잊지 못한다.

# 마음의 눈으로
# 본 세상

어머니는 우선 그 형제를 먹이고 씻기며 거두어 주기로 하셨단다. 그런데 밤새 포탄이 앞뒤에서 터지자 그 어린 동생은 요란하게 밤새 울었다. 다음날 아침, 7살 아이가 버틸 수 있을 만큼 쌀을 들려서 어머니는 가여운 형제를 내보내셨단다. 어머니의 '인간답기'에 상처로 남아 있는 그 형제를 어머니께서는 두고두고 잊지 못하셨다. 그 옛일을 유산처럼 나에게 남겨 주셨다. 인간답기의 포기, 그걸 허용받을 수 있는 최대공약수에 대해 평생을 고뇌하셨던 것 같다. 마당의 월계꽃이 다 지고나면, 그 가여운 형제를 떠올리시며 한 번이라도 만나 보고 싶어하셨다.

# 캄보디아 할머니의
## 아리랑

　최근 친일청산관련법 제정과 관련한 토론회에서 패널로 참석한 모교수가 정신대 할머니들에 대해 터무니없는 발언을 해 곤욕을 치렀다. 이 일을 지켜보면서 몇 년 전 캄보디아의 어느 시골 한 구석에 살던 할머니의 경우가 떠올랐다.

　정신대. 3.1절이나 광복절이 올 때마다 한바탕씩 떠들어서 익숙해진 단어이다. 매주 수요일 정기집회는 물론 일본이 독도가 제 땅이라고 헛소리를 쳐댈 때도 이 할머니들이 일본 대사관 앞에 모여 시위를 벌이시니 더욱 친숙해졌다.

　일본을 향해 울부짖는 말, "내 청춘을 보상하라!"

　지금 하려는 얘기는 '죽음의 땅(Killing Field)에서 부르는 아리랑'이다. 한국 말은 몽땅 잊으셨고, 분위기도 영낙없는 캄보디아 할머니. 고향인 한국도 부모형제도 자신의 이름까지도 깡그리 잊어버렸는데 아리랑만이 정확하다. 완벽하게 부르는 아리랑, 이것이 이 할머니의 자기 찾기의 유일한 단서이다. 할머니를 최초로 발견했다는 어떤 한국인, 이 할머니 일을 돕기 위해 캄보디아로 동분서주하는 스님등 몇 분이 할머니 찾아오기에 나섰다.

할머니가 무언가를 숨기고 싶어하시는 듯한 느낌, 나의 비정을 내가 나무랐다. 할머니는 당신을 찾기 위해 가련한 정신대 할머니가 되어 한국으로 돌아오셨다. "잃어버린 날 찾아 주오!"

나를 몽땅 잃은 사람, 그분의 삶은 그리 험한 것이었나 보다. 뇌 검사 결과가 '기억 가능일 것으로 판단' 하는 것조차 할머니는 잊으셨다. 내가 알 수 없는 나, "이름도 몰라요, 성도 몰라요~" 유행가 노랫말이 아니다. 이 세상 누구인들 저를 제대로 다 알고 살랴만 이름도 나이도, 낳고 길러주신 부모까지 깡그리 모른다니 듣는 귀가 척척했다.

이제 잃어버린 자신이 서러워 고향을 찾겠다고 나섰는데 아는 것도 생각나는 것도 없다. 기억이 없기도 하거니와 강산 스스로 변하기를 예닐곱 차례. 언론사, 사회단체, 종교단체들이 앞다투어 나선 덕에 우여곡절과 시행착오 끝에 기억에서 지워진 가족을 찾았다. 고향도 이름도 할머니 자신까지도 다 찾아드렸다. 〈마음의 행로〉 한국판이라고 할까?

캄보디아 할머니에서 한국 할머니로 제자리 찾은 이 분. 하지만 결국 한국 할머니는 캄보디아 할머니로 되돌아갔고, 얼마전 세상을 떴다. 유해도 본인 뜻에 따라 정신적 위안처였던 그곳 절에 안치됐다고 한다. 듣는 마음이 늦가을 찬비에 젖는 듯 시리다.

아리랑, 참으로 대단한 노래이다. 이 노래 하나로 할머니의 과거를 찾았다. 남태평양의 어떤 벌거벗은 팔순 추장도 아리랑을 정확하게 불렀다. 일제 때 그곳으로 징용갔던 조선사람에게서 배웠다나? 그 노인의 기억력이 대단한 건지, 아리랑이라는 우리의 노래가 대단한 건지. 아리랑~ 아리랑~ 아라리요~~ 아리랑 고개를 넘어갔다.

언뜻 스치는 생각이 있다. 부모님께서 모두 세상을 뜨시어 외톨이가 된 탈북 2세 나, 미영순. 언젠가 북쪽의 고향을 찾아간다면 친척을 어찌 찾나? 아리랑으론 되지 않을 성싶은데….

# 토끼는 굴을 세 군데 파둔다

　몇년 전, 외교통상부 장관의 중국 방문을 며칠 앞두고 러시아가 우리 외교관을 추방했다. 모스크바의 주러시아 한국대사관 소속의 한 외교관이 러시아 보안요원들에게 긴급 체포돼 장시간 조사를 받은 뒤 추방명령을 받은 것이었다.

　그에게 적용된 혐의는 러시아 외교부 간부를 매수해 기밀을 빼냈다는 것이다. 러시아 권력기구 사이의 헤게모니 쟁탈이라고도 하고, 우리의 미국 향한 일편단심 해바라기에 심사가 뒤틀렸다는 말도 있다. 러시아의 사정이야 어찌 되었거나 남을 탓해 무엇하랴. 만만하게 보인 우리의 잘못부터 돌아 봐야지.

　무엇보다 황당한 건, 치외법권의 외교관이 체포되었다가 풀려나고도 며칠이 지나도록 이를 쉬쉬 해서 정작 대사가 나중에 알게 되었다는 사실. 정말이지 우리 정부는 영락없이 석탄굴 속에 들어앉은 캄캄 저시력. 세계적 망신을 자초했다.

고래 사이에 끼인 새우가 제 마음대로 할 수 있는 일이 얼마나 될까마는, 하물며 새우 주제에 상어인 줄 잘못 알고 까불기까지 한다면야…. 중국과 러시아가 가난하다고 한때 너나 없이 몰려가서 건방을 떨어댔다. 국제정치에서 가난뱅이 인도와 브라질이 예비대국으로 중시된다는 걸, 알아야만 할 사람조차 모르고 우리가 경제대국인 줄로 착각했다는 건 좀….

일본쯤은 사나흘 뒤면 따라잡을 걸로 여겼던 비외교 언사도 있었다. 과거 일본에 대한 괘씸한 생각대로 하자면야 요절을 내도 시원치 않지만 국제관계라는 게 워낙 치사하기 짝이 없는지라…. 약소국 외교라고 비굴하기만 한 것은 아니다. 19세기 말 열강이 아시아를 제 밥상으로 여기고 날뛰던 때, 그들의 눈에 일본은 이제 막 젖병을 뗀 코흘리개로나 보였을까?

태양이 지지 않는 나라 영국과 막강한 짜르가 군림하던 러시아가 세계 곳곳에서 맞붙어 힘겨루기를 했다. 새우 일본이 이 고래 싸움을 이용했다. 야망에 가득찬 청년 외교관 이또 히로부미가 런던에 도착했다. 황제 뵙기를 청하고는 아무리 기다려도 누구 하나 코빼기를 내밀지 않았다. 이또가 짐을 싸들고 호텔을 나서려 할 때서야 영국 외무성 말단이 와서 "도미네?(어딜 가니)?"라고 물었다. 그러자, "런던은 안개만 많고 날씨가 쌀쌀해서 따뜻한 모스크바로 가야겠다"고 했단다.

극동의 젖내 나는 촌놈이 영악하게도 굴을 양쪽에다 파두어 늙은 여우 대영제국을 팔짝 뛰게 만들었다. 청나라야 헌 종이로 접은 용이었다치고, 일본이 러시아를 제끼고 조선을 먹어치운 건 소 뒷걸음이 결코 아니었다.

교토삼굴(狡兎三窟), 즉 영리한 토끼는 굴을 세 군데 파둔다는 이야기. 전국(戰國)시대에 문객(門客)을 3천 명씩이나 거느린 대단한 재상 맹상군(孟嘗君)이 있었다. 권력으로나 재력으로나 또 명망으로까지 천자가 부러워했을 사람이다.

밥만 축낼 뿐 도무지 별볼일이라곤 있을 것 같지 않던 문객 하나가 그를 위해 굴을 세 곳에 파두었다. 맹상군이 봉읍지에 가서 조(租:소작료)를 거두고 내 집에 없는 것이 있거든 사오라고 일러보냈다. 문객은 조를 거두기는커녕 토지대장마저 태워버리고 빈손으로 돌아왔다. 천하의 맹상군 댁에 없는 것이라곤 없어서 인(仁)을 샀다는 답변. 속으로야 불쾌하기 짝이 없었겠지만 천하의 맹상군인지라 그냥 지나쳐 주었다.

그런데 어느날, 1인자는 저보다 잘난 2인자의 꼴을 눈뜨고는 못 본다는 동서고금의 진리대로 맹상군이 누명을 쓰고 쫓겨나게 되었다. 노예해방에 감격하던 봉읍지의 온 백성이 천자보다 더 열렬하게 쫓겨난 맹상군을 영접했다. 전국시대엔 나라와 나라가 끊임없이 서로 먹고 먹히느라 세월을 보냈다. 맹상군의 소식을 들은 이웃 나라가 황금을 바리바리 싣고 와서 그를 재상으로 모시겠다고 했다. 이런 상황에 놀란 왕이 더 많은 금을 싸보내어 맹상군을 다시 불러들였다는 이야기.

분단만 되지 않았어도 우리도 진작에 미국 해바라기에서 벗어났겠지만, 안타까운들 어찌하리. 현실이 우리의 행동을 제약하더라도 영리한 토끼라면 굴을 세 곳에다 파두는 법.

중국은 여전히 북쪽의 끈끈한 동무, 그래야 중국의 이익이 극대화된다. 남북 사이에서 제 잇속 챙기기야 중국이나 러시아나 마찬가지. 일본은 겉으로야 우리와의 공통 이익이 많아 보이지만 속까지 같을 수야 없을 터. 미국은 우리가 고분고분하지 않을 때마다 북쪽과 흥정대상을 놓고 교섭한다. 천지간에 믿을 놈이 나말고 또 있을까.

세상만사가 이런데도 어쩌자고 굴을 서너 개 파두지 않는단 말인가. 국제정치엔 영원한 벗이 없는 만큼 영원한 적도 없다. 굴을 많이 마련하는 길만이 영원한 상책. 그나마 발 빠른 토끼에게나 굴 많은 게 상책이지, 느림보 거북이라면 굴이 제 아무리 많다 한들 어느 세월에 한번 들러볼 짬이 있을까?

# 산 자와 죽은 자
## 모두 존엄하기

　10대 중반, 나는 실명과 죽음의 무게를 저울질해 보았다. 실명한 것이 너무나 고통스러워서 죽음과 감히 비교해 본 것이다. 그리고 얻어낸 답은, 생명이란 내가 만든 게 아니어서 가위질하듯 내 맘대로 싹뚝 잘라 버릴 수 있는 게 아니라는 것이었다.

　나는 생명 예찬론자이다. 생명이 지닌 그 엄청난 무게와 가치에 빚지는 삶, 그걸 '가련'이라 불러도 좋겠다. 나는 다시 책을 읽기 시작했다. 의사의 걱정이 컸지만, 서너 단어 읽고 창 밖 한 번 내다보고 다시 서너 줄 읽고 밖을 내다보았다.

　야스께(介川), 문학과는 거리가 먼 사람이라도 한두 번은 들어 보았을 이름이다. 그의 작품 가운데 시체의 주머니를 털어 연명하는 소름끼치는 노파의 이야기가 있다. '죽음과 삶'의 화두를 막

해결한(깨달은 게 아니고) 나에게 강한 전율과 충격을 남겼다. 산 목숨은 그렇게라도 살 수밖에 없다는 걸 알아 버려서 기어이 야스께 자신은 자살하고 말았던가?

캄보디아. 찢어지게 가난하지만 분단의 상대방이 없어 국가 행위가 그런대로 자유로운 나라에서 일어난 비극이었다. 여전히 우리의 기억 속에 'The Killing Field'로 생각되는 그곳에 몇년 전 비행기 사고로 우리나라 사람들이 죽었다. 죽은 사람보다 더 절망에 빠진 남은 사람들, 피 흘린 시체를 뒤지는 피 묻은 손들.

당시 괌의 미군 당국은 '현장보존'이라며 한국의 관계인들과 가족들을 얼씬도 못하게 했다. 그 몰인정에 유가족들은 울분을 터뜨렸다. 그 '현장보존' 속에 있는 '사체존엄'에는, '인간존엄''이 얼마만큼의 비중으로 들어 있는 것일까? '인간답게 굴기'도 어렵거니와 '인간답다'라는 말 자체가 그보다 더 어렵다는 생각을 해 본다.

유가족을 막아두고 시체 밭에서 서성이는 무표정의 탈취자들, 그들을 향해 인간존엄을 외치는 우리가 어쩐지 호사에 겨워 보였다. 그때처럼 '인간존엄'이라는 말이 공허하게 울리는 일이 다시는 없기를 바란다.


6.25를 우리는 창신동에서 치렀다. 전쟁이 끝나고 여러 해가 지나 모두들 '안정'이라는 말을 생각해 내게 되었을 때, 어머니께

서 절을 찾아가셨다. '포탄이 콩 볶는 속에 내 가족이 먼저 죽게 생겨서 도저히 거두어 줄 수가 없었던 어린 형제가 부디 무사히 살아 남았기를' 빌기 위하여.

그 때 어머니 혼자서는 갓 두 돌을 넘긴 딸을 업고 유행성 뇌척수막염을 앓는 남편을 부축하며 피난을 떠나실 수가 없었다. 그러던 어느날 저녁에, 지친 형이 배고파 보채는 어린 동생을 업고 대문을 두드렸다. 길에서 부모를 잃은 7살 형은 지쳐서 더는 울지도 못하더란다. 어머니는 우선 그 형제를 먹이고 씻기며 거두어 주기로 하셨단다. 그런데 밤새 포탄이 앞뒤에서 터지자 그 어린 동생은 요란하게 밤새 울었다. 38선이 막히기 직전 이북을 탈출해 온 반동분자이자 병들어 움직일 수 없는 아버지가 마루 밑 땅굴에 숨어 계셨다. 다음날 아침, 7살 아이가 버틸 수 있을 만큼 쌀을 들려서 어머니는 가여운 형제를 내보내셨단다.

어머니의 '인간답기'에 상처로 남아 있는 그 형제를 어머니께서는 두고두고 잊지 못하셨다. 그 옛일을 유산처럼 나에게 남겨 주셨다. 인간답기의 포기, 그걸 허용받을 수 있는 최대공약수에 대해 평생을 고뇌하셨던 것 같다. 마당의 월계꽃이 다 지고나면, 그 가여운 형제를 떠올리시며 한 번이라도 만나 보고 싶어하셨다.

# ··· 이젠 멋진
## 정치공연을···

    정치판을 들여다보면, 어느 나라 어떤 정당이건 맑고 고운 것보다야 음모와 술수의 얼룩이 더하다. 한국의 정당사도, 길지도 않은 것이 쉴 없는 이합집산으로 남만 못지 않다. 정당이라는 게 본시 정권쟁취가 존재이유인 탓에. 이념과 정책으로 승부해야 함에도 술수가 곧잘 끼어들기도 하는 것이다.

    정치학을 전공한 나는 정치공연의 열렬한 관객이다. 판이 좀 지저분한 블랙 코미디를 쓴 웃음 웃으면서 구경한다. 예전엔 어마어마한 선거자금만 있으면, 막대한 정치헌금만 있으면 당선과 공천이 보장되니까 정치인 하기는 쉬운 일, 돈 벌기가 어렵지. 돈 벌기가 어렵거든 그보다 쉬울 것 같은 쌈박질에 매진···. 그 밥에 그 나물이라던데, 정당과 정치인이 싸움을 잘하는 건 국민이 싸움 구경을 좋아해서? 우리네 정당들은 국민이 지루해 할까 늘 구경거리를 제공한다. 늘 같아서 재미없는 게 탈이지만.

고대 서양의 지성을 대표하는 소크라테스는 철인정치(哲人政治)를 주장했고, 동양의 공자는 치자(治者)의 덕목을 조목조목 꼼꼼히도 가르쳤다. 이 땅의 정치이념은 단군 이래로 홍익인간. 말이야 다르지만 그 뜻은 대동소이, 정치란 덕과 지혜를 갖춘 이가 국민의 홍익을 위하여 봉사하는 일이다. 그래서 파당 쌈박질 철새 야합에 몰두하는 이들을 정치가라 하지 말고 정객으로 부르라는데, 옥석이 비슷하게 생겨서….

'당근과 채찍'으로 대표되는 마키아벨리즘, 숭고한 이상이 있어도 그 실현을 위해서는 적절한 권술(權術)이 필요하다는 뜻이지, 사리사욕을 위해 야비한 술수를 쓰라는 말이 아니다. 목적이 훌륭해도 수단이 적절하지 못하면 욕을 듣는데, 목적이 그렇고 그런 터에 수단은 쌈박질이라까지 쌈박질이라면 더욱 황당하다.

민주주의를 위한 국민저항이 승리하고 이제 참여정부까지 들어섰다. 정치인들의 정치행위도 이전 정부에 비해 상식적이고 합리적이라는 게 눈에 띈다. 하지만 아직도 빙하 밑에 감추어진 얼음처럼 우리 사회에는 정경유착, 땅투기, 호화사치 같은 복병이 언제 어디서 튀어나올지 모른다. 더이상 명분없는 정쟁을 멈추고 모든 정치인이 국민을 위한 참정치를 해주기를 이 아침에 소망해 본다.

# ··· 새의 날개는
# 둘이어야

나의 원적은 함경북도 경성이다.

북의 말로 하자면 반동분자 2세다. 부모님 생존시 일가친척이 모일 때 화제는 으레 두고온 산하(山河). 한번도 본 적 없는 고향 마을이지만 내 손금처럼 그려내어 대문에 문패까지 달아줄 수 있다. 선산의 묘소 위치도가 이들 38따라지 가족의 가보이다.

38따라지들의 고향 그리기, 그걸 목이 메어 어찌 말로 다하랴. 그래서 따라지들은 통일에 대해 말을 아낀다. 늘 통일을 노래하고 북쪽의 내 동포를 외치는 사람들, 모르긴 해도 자자손손 대대로 남쪽에 뿌리 박고 살아온 토박이들이 아닐지. 80을 한참이나 넘기신 고향 어른, 고향 방문을 거부하신다.

물론 가까운 가족이 다 함께 넘어오셨기 때문이겠지만…. 몽

매에도 그리던 고향산천이 예
보던 모습 그대로 그냥 남았을
리도 없고, 보고파서 두 눈 짓무
르게 하는 그 정겹던 얼굴들도
보이지 않을 지금, 거기엘 가면
기가 막혀 죽을 일밖에 더 있겠
냐 싶단다.

나는 한중관계 중에서도 두
한국과 두 중국의 사각관계를
공부하고 있다. 따라지 2세라서
더욱 그리 되었나 보다. 국외의
연구기관에서는 주로 '북한문
제'를 다루기도 했다. 중국 조

중국 학술회의 참가시 찾아간 임시정부 건물 앞

선족이 되어버린 친척을 통해 고향소식을 조금씩 들었다. 국제
세미나에서 북쪽 학자들과 대화를 나눠 보기도 했다.

언젠가 중국에서 학술회의가 있었다. 주최자 만찬이 끝난 뒤
참가자들이 엘리베이터 앞에 모여서 차례를 기다릴 때 나 혼자
비상계단을 걸어 올라갔다. 눈이 아프지만 않으면 10층 정도는
걸어서 오른다. 앞서 가는 이들이 있었다. 북쪽 대표들. 수학여행
온 섬마을 애들도 아닌데 혼자서는 안되고 몰려다녀야 하나?

남북관계가 늘 아슬아슬해 보이는 까닭은, 북쪽이 쓰는 스피

커는 하나인데 남에는 다기능 고성능의 스피커가 여러 종류라는 사실. 기회 있을 때마다 북쪽 관련 자료 90%의 공개를 주장해 왔다. 선별해서 감질나게 보여 주니 진실인 것도 믿기지 않거니와 믿기도 싫어진다. 과거 정부가 웃기는 짓을 워낙 많이 저질러서, 북쪽 일을 100% 그대로 다 공개한대도 듣는 이가 제 입맛대로 취사선택하게끔 되고 말았다. 게다가 남쪽에서 살아온 저마다의 경험에다 북쪽 일을 대입하여 해석하니 사실과 판단 사이에 오차가 크다.

민주사회의 최대 강점은 무질서로 오해되는 다양성. 나와 다른 사람들이 좀 있기로 그걸 겁낸대서야 민주를 누릴 자격이 없다. 한때 과격시위를 우려하는 이들이 적지 않았지만, 난 그걸 예방주사쯤으로 여겼다. 이보다 백배 천배로 심각할 남북갈등에 대한 각오 없이, 훈련 없이 통일을 외친다면 그건 싸구려 감상일 수밖에 없다.

북쪽의 이모저모를 남보다 모르지 않아서 통일에 대해 남보다 할 말이 적지 않다. 그동안의 뜨거운 통일 외침을, 햇빛정책의 장기적 순기능을 누구 못지않게 기대하고 있다. 통일과 민족에 대해 뜨거운 가슴을 가진 이도 차가운 머리를 가진 이도 똑같이 역할과 기능이 있다. 수레의 바퀴처럼 새의 날개처럼 둘이 아니면 아무짝에도 쓸모없는 게 세상엔 많다.

# 동북공정은
## 발등의 불인가?

중국이 드디어 고구려사 가로채기를 드러내놓고 벌이고 있다. 뒤늦게야 알게 된 국민은 바글바글 끓고 있고…. 외무부가 마지 못해 한 마디 하기는 했는데, 제대로 잘 할 거라고 믿어도 되는지 모르겠다. 중국을 연구하는 사람도 많고 중국에서 공부하는 사람도 많은데 그렇게 감쪽같이 모르고 있었느냐?

절대로 아니다. 진작부터 그 가능성을 지적하며 당국의 주의를 촉구한 사람들이 있었다. 다만 북한과 얼키고설킨 것이 많은 탓에 우리의 대중외교 노선이 그런 건 알고 싶어하질 않았을 뿐이다.

중국, 좋든 싫든 우리 밥상의 상당 부분을 채워줄 만큼 가까운 이웃이고, 이래저래 우리는 중국을 바로 알고 옳게 대해야 한다.

선린우호만이 아니라 접경적대(接境敵對)의 관계일 수도 있기에 더욱 그러하다. 오래 전에도 어느 신문에다 똑같은 주장을 썼다. '중국을 바로 알고 옳게 대해 뒷통수 맞지 말자'는 내용의 칼럼이 었다. 그때에 비해 인적 물적 교역은 놀랄 만큼 늘었지만, 우리의 대중 인식이나 자세에는 달라진 것이 별로 없다.

내로라 하는 중국 전문가가 적지 않지만, 미국이나 일본이 수집, 편집해 놓은 정보만을 의지하는 전문가가 많다. 현실적으로 이들이 우리 중국연구의 주체세력이다. 중국 전문가에는 또 다른 부류도 있다. 싸구려 넥타이나 양말짝을 보퉁이 보퉁이 싸 들고 건너갔다가, 참깨나 마늘을 사들고 돌아오는 보따리 팀도 우습지만 중국 전문가로 행세한다. 이들 한국인이 중국에 들어가서 접촉하는 태반이 조선족. 그들이 지닌 정보의 질이라는 게 빤하다. 사정이 이 지경이라 정확하지 못한 정보와 판단이 유포되고, 대중국 인식 또한 올바르기가 어려울 뿐 아니라 때로는 터무니가 없다.

어느 연구소가 중국의 어떤 연구기관과 공동으로 학술지를 발간하거나 국제 학술회의를 개최하기로 '협의중'이라는 사실이 알려지면 여러 연구 단체들이 갖가지 공작을 전개한다. 그 연구소는 규모가 작아 귀 연구기관과는 어울리지 않을 뿐더러 기금도 인력도 형편 없다는 친절한(?) 귀띔을 잊지 않는다. 현재 중국에 대한 이해와 연구가 정확하게 이루어지고 있다면, 그건 한국인들이 천재라는 증거가 된다.

꽤 긴 세월 중국에 뒷통수 맞지 말자고 떠들었건만 이제 고구려사를 가로채기 당하고 있다. 우리는 중국을 우습게 여기고 방심한 토끼였을까? 남을 침략해 본 경험이 없어 역사 채가기 따위 꿈에도 알지 못하는 우물 안 개구리일까?

가상적국이라는 게 있다. 중국-미국, 중국-일본, 중국-러시아가 우리를 둘러싸고 겉으로는 아닌 체하면서 은근히 긴장 상황을 빚기도 한다. 역사상 외국을 침범해본 일 없다며 평화애호나 자랑하고 있을 처지가 아닌 것 같다. 조선을 놓고 미국과 일본이 비밀협정(태프트 카스라 조약)을 맺던 일이 지금 다시 중국과 일본 사이에선 일어나지 말라는 보장이 없다. 중국은 동해 독도에 대해 입 다물고 일본은 고구려에 대해 입 안벌리고…. 물론 미국과 러시아가 코만 골고 있진 않겠지만.

'주적'이라는 단어를 국방백서에서 지웠다고 38선까지 덩달아 지워지나? 북한의 핵뿐만 아니라 조선족, 탈북자 문제를 갖고도 중국은 얼마든지 남북한을 데리고 놀 수가 있다. 인형에 달린 줄을 당기는 커다란 손 중국, 남줄도 당겼다가 북줄도 당기면서 미국과 일본에게 인형극을 연출할 수 있다.

북한은 중국에 바라는 게 무엇이길래, 무엇을 약속받았기에 고구려의 중국화에 벙긋조차 않는지 그것이 알고 싶다. 조용한 외교의 내용과 범위가 어디까지이기에 우리 당국도 조용조용히 쉿! 하고 있다.

　과거사 지키기와 과거사 청산. 하나는 우리끼리의 문제이고, 하나는 유일 강국 미국도 눈 크게 뜨고 지켜보는 중국과의 문제이다. 어느 것이 발등의 불?

　중국정치를 공부해오면서 한중우호 증진의 선봉으로 자부했고, 보람도 있었다. 그러면서 한국의 예상이나 기대와는 엉뚱하게 다른 중국의 사고와 행동양식에 당황할 때가 있다. 그보다 더 자주 '당혹'을 느끼게 되는 건 우리의 대중국 자세와 접근방식이다. 지피지기하여 정부, 국회, 전문가, 언론, 기업, 관광객까지 대중국 인식과 태도를 정비할 때가 된 것 같다. 정신 바짝 차리고 뒷통수 따위 절대로 얻어맞지 않는 것, 그것이야말로 선린우호를 오래오래 지속하는 가장 확실한 수단이기 때문이다.